U0112503

国家出版基金项目
NATIONAL PUBLICATION FOUNDATION

布莱希特与老子

[德] 海因里希·戴特宁 著

谭渊 译

上海社会科学院出版社
SHANGHAI ACADEMY OF SOCIAL SCIENCES PRESS

编委会

丛书主编：叶　隽

总　序

一、中、德在东、西方（亚欧）文化格局里的地位

华夏传统，源远流长，浩荡奔涌于历史海洋；德国文化，异军突起，慨然跃升于思想殿堂。作为西方文化，亦是欧陆文化南北对峙格局之重要代表的德国，其日耳曼统绪，与中国文化恰成一种"异体"态势，而更多地与在亚洲南部的印度文化颇多血脉关联。此乃一种"相反相成"之趣味。

而作为欧陆南方拉丁文化代表之法国，则恰与中国同类，故陈寅恪先生谓："以法人与吾国人习性为最相近。其政治风俗之陈迹，亦多与我同者。"诚哉是言。在西方各民族文化中，法国人的传统、风俗与习惯确实与中国人诸多不谋而合之处，当然也不排除文化间交流的相互契合：诸如科举制的吸纳、启蒙时代的诸子思想里的中国文化资源等皆是。如此立论，并非敢淡漠东西文化的基本差别，这毕竟仍是人类文明的基本分野；可"异中趋同"，亦可见钱锺

书先生所谓"东海西海,心理攸同;南学北学,道术未裂"之言不虚。

在亚洲文化(东方文化)的整体格局中,中国文化属于北方文化,印度文化才是南方文化。中印文化的交流史,实际上有些类似于德法之间的文化交流史,属于地缘关系的亚洲陆地上的密切交流,并由此构成了东方文化的核心内容;遗憾的是,由于地域太过辽阔,亚洲意义上的南北文化交流有时并不能相对频繁地形成两种文化之间的积极互动态势。两种具有互补性的文化,能够推动人类文明的较快推进,这可能是一个基本定律。

西方文化发展到现代,欧洲三强英、法、德各有所长,可若论地缘意义上对异文化的汲取,德国可拔得头筹。有统计资料表明,在将外语文献译成本民族语言方面,德国居首。而对法国文化的吸收更成为思想史上一大公案,乃至歌德那一代人因"过犹不及"而不得不激烈反抗法国文化的统治地位。虽然他们都说得一口流利的法文,但无论正反事例,都足证德意志民族"海纳百川"的学习情怀。就东方文化而言,中国文化因其所处地理中心位置,故能得地利之便,尤其是对印度佛教文化的汲取,不仅是一种开阔大度的放眼拿来,更兼备一种善择化用的创造气魄,一方面是佛教在印度终告没落,另一方面却是禅宗文化在中国勃然而起。就东方文化之代表而言,或许没有比中国更加合适的。

中德文化关系史的意义,正是在这样一种全局眼光中才能凸显出来，即这是一种具有两种基点文明代表性意义的文化交流，而非仅一般意义上的"双边文化关系"。何谓？此乃东西文化的两种核心文化的交流，即作为欧洲北方文化的条顿文明与亚洲北方文化的华夏文明之间的交流。这样一种质性文化的交流，具有重要的范式意义。

二、作为文明进程推动器的文化交流与中国文化的"超人三变"

不同文明之间的文化交流，始终是文明进程的推动器。诚如季羡林先生所言："从古代到现在，在世界上还找不出一种文化是不受外来影响的。"[①]其实，这一论断，也早已为第一流的知识精英所认知，譬如歌德、席勒那代人，非常深刻地意识到走向世界、汲取不同文化资源的重要性，而中国文化正是在那种背景下进入了他们的宏阔视域。当然，我们要意识到的是，对作为现代世界文明史巅峰的德国古典时代而言，文化交流的意义极为重要，但作为主流的外来资源汲取，是应在一种宏阔的侨易学视域中去考察的。这一点歌德总结得很清楚："我们不应该认为中国人或塞尔维亚人、卡尔德隆或尼伯龙根就可以作为模范。如果需要模范，我们就要经常回到古希腊人那里去找，他们的作品所描绘的总是美好的人。

---

① 季羡林：《文化交流的必然性和复杂性》，载季羡林、张光璘编：《东西文化议论集》（上册），经济日报出版社1997年版，第8页。

对其他一切文学我们都应只用历史眼光去看。碰到好的作品,只要它还有可取之处,就把它吸收过来。"①此处涉及文化交流的规律性问题,即如何突出作为接受主体的主动选择性,若按陈寅恪所言:"其真能于思想上自成系统,有所创获者,必须一方面吸收输入外来之学说,一方面不忘本来民族之地位。此二种相反而适相成之态度,乃道教之真精神,新儒家之旧途径,而二千年吾民族与他民族思想接触史之所昭示者也。"②这不仅是中国精英对待外来文化与传统资源的态度,推而广之,对各国择取与创造本民族之精神文化,皆有普遍参照意义。总体而言,德国古典时代对外来文化(包括中国文化)的汲取与转化创造,是一次文化交流的质的提升。文化交流史的研究,其意义在此。

至于其他方面的双边交流史,也同样重要。德印文化交流史的内容,德国学者涉猎较多且深,尤其是其梵学研究,独步学林,赫然成为世界显学;正与其世界学术中心的地位相吻合,而中国现代

---

① 德文原文为:"Wir müssen nicht denken, das Chinesische wäre es oder das Serbische oder Calderon oder die Nibelungen, sondern im Bedürfnis von etwas Musterhaftem müssen wir immer zu den alten Griechen zurückgehen, in deren Werken stets der schöne Mensch dargestellt ist. Alles übrige müssen wir nur historisch betrachten und das Gute, so weit es gehen will, uns daraus aneignen." Mittwoch, den 31. Januar 1827. in Johann Peter Eckermann: *Gespräche mit Goethe-in den letzten Jahren seines Lebens*(《歌德谈话录——他生命中的最后几个年头》). Berlin und Weimar: Aufbau-Verlag, 1982. S.198.中译文见[德]爱克曼辑录:《歌德谈话录》,朱光潜译,人民文学出版社 1978 年版,第 113—114 页。

② 《冯友兰〈中国哲学史〉下册审查报告》,载刘桂生、张步洲编:《陈寅恪学术文化随笔》,中国青年出版社 1996 年版,第 17 页。

学术建立期的第一流学者,如陈寅恪、季羡林等就先后负笈留德,
所治正是梵学,亦可略相印证。中法文化交流史内容同样极为精
彩,由启蒙时代法国知识精英对中国文化资源的汲取与借鉴到现
代中国发起浩浩荡荡的留法勤工俭学运动,其转易为师的过程同
样值得深入探究。总之,德、法、中、印这四个国家彼此之间的文化
交流史,应当归入"文化史研究"的中心问题之列。

　　当然,不可否认的是,作为中国学者,我们或多或少会将关注
的目光投入中国问题本身。必须强调加以区分的是所谓"古代中
国""中世中国"与"现代中国"之间的概念分野。其中,"古代中
国"相当于传统中国的概念,即文化交流与渗透尚未到极端的地
步,尤以"先秦诸子"思想为核心;"中世中国"则因与印度佛教文
化接触,而使传统文化受到一种大刺激而有"易",禅宗文化与宋
儒理学值得特别关注;"现代中国"则以基督教之涌入为代表,西
学东渐为标志,仍在进程之中,则是以汲取西学为主的广求知识于
世界,可以"新儒家"之生成为关注点。经历"三变"的中国,"内在
于中国"为第一变,"内在于东方"为第二变,"内在于世界"为第三
变,"三变"后的中国才是具有悠久传统而兼容世界文化之长的代
表性文化体系。

　　先秦儒家、宋儒理学、新儒家思想(广义概念)的三段式过渡,
乃是中国思想渐成系统与创新的标志,虽然后者尚未定论,但应是

相当长时期内中国思想的努力方向。而正是这样一种具有代表性
且兼具异质性的交流，在数量众多的双边文化交流中，具有极为不
俗的意义。张君劢在谈到现代中国的那代知识精英面对西方学说
的盲目时有这样的描述："好像站在大海中，没有法子看看这个海
的四周……同时，哲学与科学有它们的历史，其中分若干种派别，
在我们当时加紧读人家教科书如不暇及，又何敢站在这门学问以
内来判断甲派长短得失，乙派长短得失如何呢?"①其中固然有个
体面对知识海洋的困惑，同时也意味着现代中国输入与择取外来
思想的困境与机遇。王韬曾感慨地说："天之聚数十西国于一中
国，非欲弱中国，正欲强中国，非欲祸中国，正欲福中国。"②不仅表
现在政治军事领域如此，在文化思想方面亦然。而当西方各强国
纷纷涌入中国，使得"西学东渐"与"西力东渐"合并东向之际，作
为自19世纪以来世界教育与学术中心场域的德国学术，则自有其
非同一般的思想史意义。实际上，这从国际范围的文化交流史历
程也可看出，19世纪后期逐渐兴起的三大国——俄、日、美，都是

---

① 张君劢：《西方学术思想在吾国之演变及其出路》，《新中华》第5卷第10期，1937
年5月。
② 《答强弱论》，载王韬：《弢园文录外编》，中州古籍出版社1998年版，第304页。另
可参见钟叔河：《王韬的海外漫游》，载王韬等：《漫游随录·环游地球新录·西洋杂
志·欧游杂录》，岳麓书社1985年版，第12页。同样类型的话，王韬还说过："合地球东
西南朔九万里之遥，胥聚之于一中国之中，此古今之创事，天地之变局，此岂出于人意计
所及料哉？天心为之也。盖善变者天心也。"《答强弱论》，载王韬：《弢园文录外编》，
中州古籍出版社1998年版，第304页。

以德为师的。

故此,第一流的中国精英多半都已意识到学习德国的重要性。无论是蔡元培强调"救中国必以学。世界学术德最尊。吾将求学于德,而先赴青岛习德文"[①],还是马君武认为"德国文化为世界冠"[②],都直接表明了此点。至于鲁迅、郭沫若等都有未曾实现的"留德梦",也均可为证。中德文化研究的意义,端在于此,而并非仅仅是众多"中外文化交流史"里的一个而已。如果再考虑到这两种文化是具有代表性的东西方文化之个体(民族—国家文化),那么其意义就更显突出了。

三、在"东学西渐"与"西学东渐"的关联背景下理解中德文化关系的意义

即便如此,我们也不能"画地为牢",因为只有将视域拓展到全球化的整体联动视域中,才能真正揭示规律性的所在。所以,我们不仅要谈中国文化的西传,更要考察波斯—阿拉伯、印度、日本文化如何进入欧洲。这样的东学,才是一个完整意义上的东学。当东学西渐的轨迹,经由这样的文化交流史梳理而逐渐显出清晰

---

① 黄炎培:《吾师蔡孑民先生哀悼辞》,载梁柱:《蔡元培与北京大学》,北京大学出版社 1996 年版,第 12 页。
② 《〈德华字典〉序》,选自《马君武集》,华中师范大学出版社 2011 年版,第 273 页。

的脉络时,中国文化也正是在这样一种比较格局中,才会更清晰地彰显其思想史意义。这样的工作,需要学界各领域研究者的通力合作。

而当西学东渐在中国语境里具体落实到 20 世纪前期这辈人时,他们的学术意识和文化敏感让人感动。其中尤其可圈可点的,则为 20 世纪 30 年代中德学会的沉潜工作,其标志则为"中德文化丛书"的推出,至今检点前贤的来时路,翻阅他们留下的薄薄册页,似乎就能感受到他们逝去而永不寂寞的心灵。

昔贤筚路蓝缕之努力,必将为后人开启接续盛业的来路。光阴荏苒,竟然轮到了我们这代人。虽然学养有限,但对前贤的效慕景仰之心,却丝毫未减。如何以一种更加平稳踏实的心态,继承前人未竟之业,开辟后世纯正学统,或许就是历史交给我们这代人的使命。

不过我仍要说我们很幸运:当年冯至、陈铨那代人不得不因民族战争的背景而颠沛流离于战火中,一代人的事业不得不无可奈何地"宣告中断",今天,我们这代人却还有可能静坐于书斋之中。虽然市场经济的大潮喧嚣似也要推倒校园里"平静的书桌",但毕竟书生还有可以选择的权利。在清苦中快乐、在寂寞中读书、在孤独中思考,这或许,已是时代赠与我们的最大财富。

所幸,在这样的市场大潮下,能有出版人的鼎力支持,使这套

"中德文化丛书"得以推出。我们不追求一时轰轰烈烈吸引眼球的效应,而希望能持之以恒、默默行路,对中国学术与文化的长期积淀略有贡献。在体例上,丛书将不拘一格,既要推出中国学者自己的研究著述,也要译介国外优秀的学术著作;就范围而言,文学、历史、哲学固是题中应有之义,学术、教育、思想也是重要背景因素,至于社会学、政治学、经济学等鲜活的社会科学内容,也都在"兼容并包"之列;就文体而言,论著固所必备,随笔亦受欢迎;至于编撰旧文献、译介外文书、搜集新资料,更是我们当今学习德国学者,努力推进的方向。总之,希望能"水滴石穿""积跬步以至千里",经由长期不懈的努力,将此丛书建成一个略具规模、裨益各界的双边文化之库藏。

叶　隽

陆续作于巴黎—布达佩斯—北京

作为国际学域的"中德文学关系研究"

——"中德文化丛书"之"中德文学关系系列"小引

　　"中德文化丛书"的理念是既承继民国时代中德学会学人出版"中德文化丛书"的思路,也希望能有所拓展,在一个更为开阔的范围内来思考作为一个学术命题的"中德文化",所以提出作为东西方文明核心子文明的中德文化的理念,强调"中德文化关系史的意义,是具有两种基点文明代表性意义的文化交流与互动。中德文化交流是东西方文化内部的两种核心子文化的互动,即作为欧洲北方文化的条顿文明与亚洲北方的华夏文明之间的交流。中德文化互动是主导性文化间的双向交流,具有重要的范式意义"①。应该说,这个思路提出后还颇受学界关注,尤其是"中德二元"的观念可能确实还是能提供一些不同于以往的观察中德关系史的角度,推出的丛书各辑也还受到欢迎,有的还获了奖项(这当然也不足以说明什

---

① 　叶隽:《中德文化关系评论集》,上海外语教育出版社 2008 年版,封底。

么，最后还是要看其是否能立定于学术史上）。当然，也要感谢出版界朋友的支持，在如今以资本和权力合力驱动的时代里，在没有任何官方资助的情况下，靠着出版社的接力，陆续走到了今天，也算是不易。到了这个"中德文学关系系列"，觉得有必要略做说明。

中德文学关系这个学术领域是 20 世纪前期被开辟出来的，虽然更早可以追溯到彼得曼（Biedermann, Woldemar Freiherr von, 1817—1903）的工作，作为首创歌德与中国文化关系研究的学者，其学术史意义值得关注①；但一般而言，我们还是会将利奇温（Reichwein, Adolf）的《中国与欧洲——18 世纪的精神和艺术关系》视为此领域的开山之作，因其首先清理了 18 世纪欧洲对中国文化的接受史，其中相当部分涉及德国精英对中国的接受。② 陈铨 1930—1933 年留学德国基尔大学，完成了博士论文《德国文学中的中国纯文学》，这是中国学者开辟性的著作，其德文本绪论中的第一句话是中文本里所没有的："中国拥有一种极为壮观、博大的文学，其涉猎范围涵盖了所有重大的知识领域及人生问题。"（China besitzt eine außerordentlich umfangreiche Literatur

① 他曾详细列出《赵氏孤儿》与《埃尔佩诺》相同的 13 个母题，参见 Biedermann, Woldemar Freiherr von: *Goethe Forschung*（歌德研究）. Frankfurt am Main, 1879. S.110-111。

② Reichwein, Adolf: *China und Europa — Geistige und künstlerische Beziehungen im 18 Jahrhundert*. Berlin: Österheld, 1923. ［德］利奇温：《十八世纪中国与欧洲文化的接触》，朱杰勤译，商务印书馆 1991 年版。

über alle großen Wissensgebiete und Lebensprobleme.)①作者对自己研究的目的性有很明确的设定："说明中国纯文学对德国文学影响的程序""就中国文学史的立场来判断德国翻译和仿效作品的价值。"②其中展现的中国态度、品位和立场，都是独立的，所以我们可以说，在"中德文化关系"这一学域，从最初的发端时代开始，就是在中、德两个方向上同时并行的。当然，我们要承认陈铨是留学德国，在基尔大学接受了严格的学术训练并完成的博士论文，这个德国学术传统是我们要梳理清楚的。也就是说，就学域的开辟而言是德国人拔得头筹。这也是我们应当具备的世界学术的气象，陈寅恪当年出国留学，他所从事的梵学，那也首先是德国的学问。世界现代学术的基本源头，是德国学术。这也同样表现在德语文学研究（Germanistik，也被译为"日耳曼学"）这个学科。但这并不影响我们独立风骨，甚至是后来居上，所谓"弟子不必不如师，师不必贤于弟子，闻道有先后，术业有专攻"（唐韩愈《师说》），这才是求知问学的本意。

当然，这只是从普遍的求知原理上而言之。中国现代学术是

① Chen Chuan：*Die chinesische schöne Literatur im deutschen Schrifttum*（德国文学中的中国纯文学）. Inaugural-Dissertation zur Erlangung der Doktorwürde der Hohen Philosophischen Fakultät der Christian-Albrecht-Universität zu Kiel. vorgelegt von Chuan Chen aus Fu Schün in China. 1933. S.1. 基尔大学哲学系博士论文。
② 陈铨：《中德文学研究》，辽宁教育出版社1997年版，第4页。

在世界学术的整体框架中形成的,既要有这个宏大的谱系意识,同时其系统建构也需要有自身的特色。从这个意义上来说,当陈铨归国以后,用中文出版《中德文学研究》,这就不但意味着中国日耳曼学有了足够分量的学术专著的出现,更标志着在本领域之内的发凡起例,是一个新学统的萌生。它具有多重意义,一方面它属于德文学科的成绩,另一方面它也归于比较文学(虽然在当时还没有比较文学的学科建制),当然更属于中国现代学术之实绩。遗憾的是,虽然在 20 世纪 30 年代前期即已有很高的起点,但出于种种原因,这一学域的发展长期中断,直到改革开放之后才出现薪火相传的迹象。冯至撰《歌德与杜甫》,大概只能说是友情出演;但他和德国汉学家德博(Debon, Günther, 1921—2005)、加拿大华裔德籍学者夏瑞春(Hsia, Adrian, 1940—2010)一起推动了中德文学关系领域国际合作的展开,倒是事实。1982 年在海德堡大学召开了"歌德与中国"国际学术研讨会,以冯至为代表的 6 名中国学者出席并提交了 7 篇论文。[①] 90 年代以后,杨武能、卫茂平、方维规教

---

① 论文集 Debon, Günther & Hsia, Adrian(Hg.):*Goethe und China – China und Goethe*(歌德与中国—中国与歌德). Bern:Peter Lang Verlag, 1985.关于此会的概述,参见杨武能:《"歌德与中国"国际学术讨论会》,载杨周翰、乐黛云主编:《中国比较文学年鉴 1986》,北京大学出版社 1987 年版,第 351—352 页。亦可参见《一见倾心海德堡》,载杨武能:《感受德意志》,四川人民出版社 2001 年版,第 7—28 页。

授等皆有相关专著问世,有所贡献。①

　　进入 21 世纪,随着中国学术的发展,中德文学关系领域也受到更多关注,参与者甚多,且有不乏精彩之作。具有代表性的是谭渊的《德国文学中的中国女性形象》②,此书发掘第一手材料,且具有良好的学术史意识,在前人基础上将这一论题有所推进,是值得充分肯定的一部著作。反向的研究,即德语文学在中国语境里的翻译、传播、接受问题,则相对被忽视。范劲提出了德语文学符码与现代中国作家的自我问题,并且将研究范围延伸到当代文学。③笔者的《德国精神的向度变型》则选择尼采、歌德、席勒这三位德国文学大师及其代表作在中国的接受史进行深入分析,以影响研究为基础,既展现冲突、对抗的一面,也注意呈现其融合、化生的成分。④卢文婷讨论了中国现代文学中所接受的德国浪漫主义影响。⑤ 此外,中国文学的德译史研究也已经展开,如宋健飞的《德译中国文

①　此处只是略为列举若干我认为在各方面有代表意义的著作,关于中德文学关系的学术史梳理,参见谭渊:《德国文学中的中国女性形象》,武汉大学出版社 2017 年版,第7—15 页;叶隽:《六十年来中国的德语文学研究》,重庆出版社 2016 年版,第 211—219 页。
②　谭渊:《德国文学中的中国女性形象》,武汉大学出版社 2017 年版。
③　范劲:《德语文学符码与现代中国作家的自我问题》,华东师范大学出版社 2008年版。
④　叶隽:《德国精神的向度变型——以尼采、歌德、席勒的现代中国接受为中心》,中央编译出版社 2015 年版。
⑤　卢文婷:《反抗与追忆:中国文学中的德国浪漫主义影响(1898—1927)》,中国社会科学出版社 2014 年版。

学名著研究》探讨中国文学名著在德语世界的状况①,谢淼的《德国汉学视野下中国当代文学的译介与研究》考察中国当代文学在德国的译介和研究情况②,这就给我们展示了一个德语世界里的中国文学分布图。当然,这种研究尚处于初步阶段,现在做的还主要是初步材料梳理的工作,但毕竟是开辟了新的领域。具体到中国现代文学的文本层面,探讨诸如中国文学里的德国形象之类的著作则尚未见,这是需要改变的情况。至于将之融会贯通,在一个更高层次上来通论中德文学关系者,甚至纳入世界文学的融通视域下来整合这种"中德二元"与"文学空间"的关系,则更是具有挑战性的难题。

值得提及的还有基础文献编目的工作。这方面旅德学者顾正祥颇有贡献,他先编有《中国诗德语翻译总目》③,后又编纂了《歌德汉译与研究总目(1878—2008)》《歌德汉译与研究总目(续编)》④,

① 宋健飞:《德译中国文学名著研究》,外语教学与研究出版社 2016 年版。
② 谢淼:《德国汉学视野下中国当代文学的译介与研究》,南京大学出版社 2017 年版。
③ Gu, Zhengxiang, wissenschaftlich ermittelt und herausgegeben: *Anthologien mit chinesischen Dichtungen*, Teilbd. 6. In Helga Eßmann und Fritz Paul hrsg.: *Übersetzte Literatur in deutschsprachigen Anthologien: eine Bibliographie*;[diese Arbeit ist im Sonderforschungsbereich 309 "Die literarische Übersetzung" der Universität Göttingen entstanden](Hiersemanns bibliographische Handbücher; Bd. 13), Stuttgart: Anton Hiersemann Verlag, 2002.
④ 顾正祥编:《歌德汉译与研究总目(1878—2008)》,中央编译出版社 2009 年版。顾正祥编:《歌德汉译与研究总目(续编)》,中央编译出版社 2016 年版。

但此书也有些问题,诚如有批评者指出的,认为其认定我国台湾地区在 1967 年之前有《少年维特之烦恼》10 种译本是未加考订的,事实上均为改换译者或经过编辑的大陆重印本。[1] 这种只编书目而不进行辨析的编纂方法确实是有问题的。他还编纂有荷尔德林编目《百年来荷尔德林的汉语翻译与研究:分析与书目》[2]。

当然,也出现了一些让人觉得并不符合学术规律的现象,比如此前已发表论文的汇集,其中也有拼凑之作、不相关之作,从实质而言并无什么学术推进意义,不能视为严格意义上的学术专著。更为严重的是,这样的现象现在似乎并非鲜见。我以为这一方面反映了这个时代学术的可悲和背后权力与资本的恶性驱动力,另一方面研究者自身的急功近利与学界共同体的自律消逝也是须引起重视的。至少,在中德文学关系这一学域,我们应努力维护自己作为学者的底线和基本尊严。

但如何才能在前人基础上"百尺竿头,更进一步",创造出真正属于这个时代的"光荣学术",却并非一件易与之事。所以,我们希望在不同方向上能有所推动、循序渐进。

---

[1] 主要依据赖慈芸:《台湾文学翻译作品中的伪译本问题初探》,《图书馆学与信息科学》2012 年第 38 卷第 2 期,第 4—23 页;邹振环:《20 世纪中国翻译史学史》,中西书局 2017 年版,第 92—93 页。

[2] Gu, Zhengxiang: *Hölderlin in chinesischer Übersetzung und Forschung seit hundert Jahren: Analysen und Bibliographien.* Berlin & Heidelberg: Metzler-Verlag & Springer Verlag, 2020.

　　首先,丛书主要译介西方学界的中德文学关系研究成果,其中不仅包括学科史上公认的一些作品,譬如常安尔(Tscharner, Eduard Horst von, 1901—1962)的《至古典主义德国文学中的中国》①。常安尔是钱锺书的老师,在此领域颇有贡献,杨武能回忆说他去拜访钱锺书时,钱先生对他谆谆叮嘱不可遗忘了他老师的这部大作,可见其是有学术史意义的,②以及舒斯特(Schuster, Ingrid)先后完成的《德国文学中的中国和日本(1890—1925)》《德国文学中的中国与日本(1773—1890)》;③还涵盖德国汉学家的成果,譬如德博的《魏玛的中国客人》④。在当代,我们也挑选了一部,即戴特宁的《布莱希特与老子》。戴特宁是德国日耳曼学研究者,但他对这一个案的处理却十分精彩,值得细加品味。⑤ 其实还应当提及的是斯洛伐克汉学家高利克的《从歌德、尼采到里尔克——中德跨文化交流研究》。⑥ 高利克是东欧国家较早关涉中德文学关系研究的学者,一些专题论文颇见功力。

---

① Tscharner, Eduard Horst von: *China in der deutschen Dichtung bis zur Klassik.* München: Reinhardt, 1939.

② 《师恩难忘——缅怀钱锺书先生》,载杨武能:《译海逐梦录》,四川文艺出版社2018年版,第95页。

③ Schuster, Ingrid: *China und Japan in der deutschen Literatur: 1890 - 1925*, Bern & München: Francke, 1977. Schuster, Ingrid: *Vorbilder und Zerrbilder: China und Japan im Spiegel der deutschen Literatur 1773 - 1890.* Bern & Frankfurt a.M.: Peter Lang, 1988.

④ Debon, Günther: *China zu Gast in Weimar.* Heidelberg: Guderjahn, 1994.

⑤ Detering, Heinrich: *Bertolt Brecht und Laotse.* Göttingen: Wallstein, 2008.

⑥ [斯洛伐克]马立安·高利克:《从歌德、尼采到里尔克——中德跨文化交流研究》,刘燕等译,福建教育出版社2017年版。

比较遗憾的是，还有一些遗漏，譬如奥里希（Aurich，Ursula）的《中国在18世纪德国文学中的反映》[1]，还有如夏瑞春教授的著作也暂未能列入。夏氏是国际学界很有代表性的中德文学关系研究的开拓性人物，他早年在德国，后到加拿大麦吉尔大学任教，可谓毕生从事此一领域的学术工作，其编辑的《德国思想家论中国》《黑塞与中国》《卡夫卡与中国》在国际学界深有影响。我自己和他交往虽然不算太多，但也颇受其惠，可惜他得寿不遐，竟然在古稀之年即驾鹤西去。希望以后也能将他的一些著作引进，譬如《中国化：17、18世纪欧洲在文学中对中国的建构》等。[2]

其次，有些国人用德语撰写的著作也值得翻译，譬如方维规教授的《德国文学中的中国形象（1871—1933）》。[3] 这些我们都列入了计划，希望在日后的进程中能逐步推出，形成汉语学界较为完备的"中德文学关系研究"的经典著作库。另外则是在更为多元的比较文学维度里展示德语文学的丰富向度，如德国学者宫多尔夫的《莎士比亚与德国精神》（*Shakespeare und der deutsche Geist*，1911）、俄国学者日尔蒙斯基的《俄国文学中的

---

[1]　Aurich，Ursula：*China im Spiegel der deutschen Literatur des 18. Jahrhunderts*. Berlin：Ebering，1935.

[2]　Hsia，Adrian：*Chinesia: The European Construction of China in the Literature of the 17th and 18th Centuries*. Tübingen，Niemeyer Verlag，1998.

[3]　Fang，Weigui：*Das Chinabild in der deutschen Literatur 1871－1933: ein Beitrag zur komparatistischen Imagologie*. Frankfurt a.M.：Suhrkamp，1992.

歌德》(*Гёте в русской литературе*，1937)、法国学者卡雷的《法国作家与德国幻象(1800—1940)》(*Les écrivains français et le mirage allemande 1800—1940*，1947)等都是经典名著，也提示我们理解"德国精神"的多重"二元向度"，即不仅有中德，还有英德、法德、俄德等关系。而新近有了汉译本的巴特勒的《希腊对德意志的暴政——论希腊艺术与诗歌对德意志伟大作家的影响》则提示我们更为开阔的此类二元关系的可能性，譬如希德文学。① 总体而言，史腊斐的判断是有道理的："德意志文学的本质不是由'德意志本质'决定的，不同民族文化的交错融合对它的形成产生了深远的影响……"②而要深刻理解这种多元关系与交错性质，则必须对具体的双边关系进行细致清理，同时不忘其共享的大背景。

最后，对中国学界来说，史为重要的是如何推出我们自己的具有突破性的中德文学关系研究的代表性著作。时至今日，这一学域已经走过了近百年的历程，几乎可以说是与中国现代学术的诞生、中国日耳曼学与比较文学的萌生是同步的，只要看看留德博士们留下的学术踪迹就可知道，尤其是那些用德语撰写

---

① ［英］伊莉莎·玛丽安·巴特勒(Eliza Marian Butler)：《希腊对德意志的暴政——论希腊艺术与诗歌对德意志伟大作家的影响》(*The Tyranny of Greece over Germany: A Study of the Influence Exercised by Greek Art and Poetry over the Great German Writers of the Eighteenth, Nineteenth and Twentieth Centuries*)，林国荣译，社会科学文献出版社2017年版。
② ［德］海因茨·史腊斐(Schlaffer, Heinz)：《德意志文学简史》(*Die kurze Geschichte der deutschen Literatur*)，胡蔚译，北京大学出版社2013年版，第103页。

的博士论文。① 当然在有贡献的同时,也难免产生问题。夏瑞春教授曾毫不留情地批评道:"在过去的 25 年间,虽然有很多中国的日耳曼学者在德国学习和获得博士学位,但遗憾的是,他们中的绝大部分人或多或少都研究了类似的题目,诸如布莱希特、德布林、歌德、克拉邦德、黑塞(或许是最引人注目的)及其与中国的关系,尤其是像席勒、海涅和茨威格,总是不断地被重复研究。其结果就是,封面各自不同,但其知识水平却始终如一。"②夏氏为国际著名学者,因其出入中、德、英等多语种学术世界,娴熟多门语言,所以其学术视域通达,能言人之所未能言,亦敢言人之所未敢言,这种提醒或批评是非常发人深省的。他批评针对的是德语世界里的中国学人著述,那么,我以为在汉语学界里也同样适用,相较于德国学界的相对有规矩可循,我们的情况似更不容乐观。所以,这样一个系列的推出,一方面是彰显目标,另一方面则是体现实绩,希望我们能在一个更为开阔与严肃的学术平台上,与外人同台较技,积跬步以至千里,构建起中国学术走向世界的桥梁。

叶 隽

2020 年 8 月 29 日沪上同济

---

① 参见《近百年来中国德语语言文学学者海外博士论文知见录》,载吴晓樵:《中德文学因缘》,上海外语教育出版社 2008 年版,第 178—198 页。
② [加]夏瑞春:《双重转型视域里的"德国精神在中国"》,《文汇读书周报》2016 年 4 月 25 日。

目录

001　传奇

015　"他可搞出什么名堂?"

027　您准会发笑:《道德经》

041　明月　诗歌　李太白

048　凝望天空　随波逐流

060　对秩序的恐惧

071　德布林与柏林之"道"

084　尘世之争与礼貌的中国人

105　叼着烟斗去流亡

120　列宁还是老子

128　手稿第 9 节及相关改动

141　道的诗韵

155　"不。"

160　致谢

传　奇

纵观贝尔托特·布莱希特一生,他一直孜孜不倦地探究着来自中国文学、哲学中的形象、文本和思想,所以同时代者和后人常常称他为"中国人"。众所周知,中国对布莱希特而言充满魅力——那里澎湃汹涌着一场反对腐朽的封建主义、帝国主义强权和资本主义剥削的社会主义革命,激扬着一场具有世界历史意义的斗争①——那里有悠久的文化传统,自古以来便有艺术与教育

---

①　在同一时期,布莱希特还创作了以中国革命运动为题材的戏剧作品《措施》(*Die Maßnahme*)、《四川好人》(*Der gute Mensch von Sezuan*),后者部分受到了谢尔盖·特雷亚科夫(Sergej Tretjakow)的作品《怒吼吧,中国!》(*Brülle, China*)的影响,在1949年中国革命取得胜利后,布莱希特还为《四川好人》剧本添加了一个相应的注脚。上述作品须放在同一时代的同类德语文学作品中加以解读,它们共同刻画了处于共产主义运动和革命斗争中的中国,此类作品还包括弗里德里希·沃尔夫(Friedrich Wolf)反映20世纪20年代上海革命斗争的戏剧《泰扬觉醒》(*Tai Yang erwacht*, 1930),安娜·西格斯(Anna Seghers)的小说《驾驶证》(*Der Führerschein*, 1932)、《伴侣》(*Die Gefährten*, 1932)、《送往南方局的新纲领》(*Überbringen des neuen Programms an das Südkomitee*, 1948)、《失去的儿子们》(*Die verlorenen Söhne*, 1951)。参见谭渊(Yuan Tan):《德国文学中的中国人——以席勒、德布林、布莱希特作品中的中国人形象为重点》(*Der Chinese in der deutschen Literatur. Unter besonderer Berücksichtigung chinesischer Figuren in den Werken von Schiller, Döblin und Brecht*), Göttingen:Cuviller, 2007, pp. 32 – 33。

融为一体的传统，与之相应，这种艺术中贯穿着时时刻刻营造出距离感的"陌生化"手段。① 而更吸引他的是儒家、墨家、道家传统中错综复杂的社会、伦理和历史哲学世界——早在 1920 年，中国就已激起他心中的涟漪。在他的艺术世界中，一种马克思主义的"中国风尚"随处可见，尽管在吸纳过程中时不时会发生些变形，很多时候相较而言似乎只停留在表面，但那中国面具下却隐藏着他借助异域风情、以陌生化手段对自身进行的探索——也许再没有比这更为全面的"中国风尚"了。但是，几十年间激荡在他心中的中国首先还是一个思维方式的发源地，对他从西方历史哲学中获取

①　例如布莱希特对中国戏剧艺术中间离效果的相关思考，参见其论文《中国戏剧艺术中的间离效果》（Verfremdungseffekte in der chinesischen Schauspielkunst），GBA 22，第 200—210 页。下文若无特别说明，所引用的布莱希特作品均来自 1988—2000 年出版的柏林和法兰克福评注版《布莱希特全集》，简写为 GBA（Werke Große kommentierte Berliner und Frankfurter Ausgabe, Berlin, Frankfurt/M: Aufbau. Suhrkamp, 1988 - 2000）。

　　关于布莱希特与中国关系的研究请参见安东尼·泰特娄（Antony Tatlow）论文《中国或是仲国》（China oder Chima），载《今日布莱希特——国际布莱希特协会年刊》（Brecht heute-Brecht Today. Jahrbuch der Internationalen Brecht-Gesellschaft），1971 年第 1 卷，第 27—47 页，以及他的奠基之作《恶的面具——布莱希特对中国和日本诗歌、戏剧、思想的反应，比较与批判性评估》（The Mask of Evil. Brecht's Response to the Poetry, Theatre and Thought of China and Japan. A Comparative and Critical Evaluation, Bern u. a.: Peter Lang, 1977）；此外参见尹汉筍（Han-Soon Yim）:《贝尔托特·布莱希特与他和中国哲学的关系》（Bertolt Brecht und sein Verhältnis zur chinesischen Philosophie, Bonn: Institue für Koreanische Kultur, 1984）。关于中国在建立"陌生化"诗学中所起的推动作用，参见汉斯·麦耶（Hans Mayer）:《贝尔托特·布莱希特与传统》（Bertolt Brecht und die Tradition, München: DTV, 1965, p.94 ff.）。布莱希特在白居易影响下创作的"中国诗歌"是介于翻译、自由改写和再创造之间的独特作品，在研究中有其特殊地位，但是对研究布莱希特与道家思想的关系而言却没有很大价值。参见安东尼·泰特娄:《布莱希特的中国诗》（Brechts chinesische Gedichte, Frankfurt /M.: Suhrkamp, 1973）。

的原则而言,这意味着一种经久不息的挑战,既是一种希望,又是一种诱惑。而其中最具挑战性的是在文化史和宗教史中被称为"道家"的思想,它那具有传奇色彩的创立者名叫老子。

在 1920 年 9 月的短短几天里,22 岁的诗人布莱希特在日记中连续记录下他与阿尔弗雷德·德布林(Alfred Döblin)的道家小说《王伦三跃》(*Die drei Sprünge des Wang-lun*)的初识以及他与道家创立者老子同名著作的首度相逢。布莱希特写道:这位老子"与我契合"得令人震惊。在初次相逢过去 18 年后,经历了生活和创作上

图一　德国奥格斯堡市布莱希特故居
（拍摄者：谭渊）

的决定性转折,当年反对对一切都进行历史哲学意义上解读的人已经变成了公开的马克思主义者。在被迫流亡国外的人们以笔为剑,与野蛮展开针锋相对的斗争时,布莱希特在 18 年后再次通过他最为著名的诗歌之一返回到了老子身边,这便是他 1938 年流亡丹麦斯文德堡期间创作的《老子流亡路上著〈道德经〉的传奇》

（*Legende von der Entstehung des Buches Taoteking auf dem Weg des Laotse in die Emigration*）。这部作品被视为作者"具有关键意义的诗作之一"——正如延·科诺普夫（Jan Knopf）在《新编金德勒文学百科全书》（*Kindlers Neues Literaturlexikon*）中所确认的那样，它是"布莱希特最为著名的诗歌之一"；①亦如罗兰·约斯特（Roland Jost）在《布莱希特辞典》（*Brecht Lexikon*）中总结的：它"体现了贯穿于布莱希特作品总集中的核心思想和立场"；②同时还如泰特娄在《布莱希特手册》（*Brecht-Handbuch*）中所断言：它是"布莱希特最富原创性的诗歌之一"，不过，该诗如此备受重视，归根结底还是因为它无愧为"二十世纪最为优美的德语诗歌"。③

对这部作品的高度评价是如此众口一词，但围绕它所展开的

---

① 延·科诺普夫：《艺术·斯文德堡诗集》（Art. *Svendborger Gedichte*），载《新编金德勒文学百科全书》（*Kindlers Neues Literaturlexikon*）第 3 卷，München：Kindler，1989，p. 108。

② 罗兰·约斯特，载《布莱希特辞典》（*Brecht Lexikon*），安娜·库格力（Ana Kugli），米歇尔·奥皮茨（Michael Opitz）编，Stuttgart，Weimar：Metzler，2006，p. 173。

③ 延·科诺普夫编：《布莱希特手册》（*Brecht-Handbuch*），第 2 卷，《诗歌》（*Gedichte*），Stuttgart：Metzler，2001，p. 299。泰特娄在其早期重要论文《如何理解布莱希特身上的中国影响》（*Towards an Understanding of Chinese Influence in Brecht*）中将这首诗称为布莱希特"解读中国话题的范式之作"，载《德语文学和人文学史季刊》（DVjs）第 44 卷，1970 年，第 361—387 页，关于"布莱希特，老子和《传奇》"的论述在第 375—387 页，本句出自第 375 页。除《老子》一诗外，发表于 1939 年的《斯文德堡诗集》中还有影响力极大的诗歌如《一个读书工人的疑问》（*Fragen eines lesenden Arbeiters*），战歌如《统一战线》（*Einheitsfront*），哀婉的诗章如《致后世》（*An die Nachgeborenen*），正如延·科诺普夫所说，它们使这部作品足以跻身"20 世纪最重要的德语诗集"之列。参见瓦尔特·吉利（Walther Killy）编：《德语文学辞典》（*Lexikon der deutschsprachigen Literatur*），第 2 卷，Gütersloh：Bertelsmann，1989，p. 185。

研究却又显得如此漫不经心。令人惊讶的是，自 1939 年以来，倾心于这部划时代作品的研究论文大都没有对其与"智慧的老者"这一称谓以及与《道德经》这部著作紧密联系的哲学前提和实践意义加以关注。长久以来，人们不假思索地认可这样一种观点：恰如整部《斯文德堡诗集》(Svendborger Gedichte)一样，这部作品的影响力和目标归根结底都扎根于布莱希特"对人民的力量和社会主义必胜的坚定信念"。① 这种在民主德国的布莱希特阐释中具有权威地位的论调，很容易(甚至是诱使人)在布莱希特的某些自述中找到依据。而新的相关研究也或多或少毫不费力地就将其与社会主义"主流"联系在了一起。虽然时至今日有关《斯文德堡诗集》的较为全面、细化的研究专著依然缺失，②但这部诗集依然被毫无保留地视为一种坚定不移的政治斗争意志的体现。而这恰恰要感谢诗集中所流露出的并且被克服了的异议以及自我批评性的诘问。而与之紧密联系的是关于《道德经》的传说。罗兰·约斯特在论著中将其视为理所当然的前提：这里体现出了

---

① 库尔特·波特歇(Kurt Böttcher)等编：《德意志民主德国的作家》(Schriftsteller der DDR)，Leipzig：Bibliogr. Inst.，1974，p. 81。

② 延·科诺普夫在对研究现状的盘点中指出过这一点，参见延·科诺普夫：《贝尔托特·布莱希特》，Stuttgart：Reclam，2000，p. 225。不过，他自己在相关研究中也只是就一种十分重要的新解读进行了简略的勾勒。参见其作品《困难，变换中——论〈斯文德堡诗集〉》(Schwierigkeiten, wechselnd. Zu den »Svendborger Gedichten«)，载延·科诺普夫：《偶然：诗》(Gelegentlich: Poesie)，Frankfurt /M.：Suhrkamp，1996，pp. 141 - 198。

一种"历史的必然性……并且不仅仅是在面对法西斯的这一刻";同样如此,延·科诺普夫在其著作中把它归于这样一类诗歌:"他们按照列宁的口号'谁战胜谁'以新的方式对历史进行了探索。"安东尼·泰特娄——对布莱希特"中国情结"研究的第一人——则属于少数派,针对将这首诗归于宏大的历史哲学叙事作品之列,他从 20 世纪 70 年代开始就小心翼翼地提出了异议。

从上述观点出发,单从布莱希特青年时期的日记和他流亡时期的诗歌来判定其与马克思主义存在一种连续性,似乎就已然是一种谬误,虽然还算不上误入歧途。难道不是布莱希特在开始阶段犹犹豫豫、大约到 20 世纪 20 年代末才越来越坚定地投身于马克思主义,从而导致了他前后期创作的泾渭分明? 20 年代那位推崇"历史归根结底是一种无意义的循环往复"的年轻狂人难道不是因此才与后来这位据说要永远克服这一观念的政治斗士判若两人?[①] 在意

① 克劳斯-德特勒夫·穆勒(Klaus-Detlef Müller)就布莱希特剧作《二战中的帅克》(*Schweyk im zweiten Weltkrieg*)中的《伏尔塔瓦河之歌》(*Moldau-Lied*)写道,布莱希特可能在 1943 年重新捡起了他早已克服的 20 年代末那种将历史视为最终毫无意义循环的阐释。事实上,这显然在客观上是一个值得注意的心灰意冷的时刻。克劳斯-德特勒夫·穆勒(Klaus-Detlef Müller):《"伟大者无法永远伟大……"——贝尔托特·布莱希特在〈二战中的帅克〉里通过文学传统对政治理论的校正》(*»Das Große bleibt groß nicht ... «Die Korrektur der politischen Theorie durch die Literarische Tradition in Bertolt Brechts »Schweyk im zweiten Weltkrieg«*),载《有效的话语》(*Wirkendes Wort*)第 23 卷,1973 年,第 26—44 页,此处见第 44 页。

识形态方面,当年那位摇摆不定的生命主义①与尼采的崇拜者——他那不道德的叛逆性甚至于间或会"糟糕地蜕变为一种反布尔什维克的批评"②——如今变为了政治理论家、散文家、诗人和剧作家,被奉为楷模——他宣扬创作是影响社会的行为并付诸实践,难道那些变化不都是这次"皈依"③所引发的?因为这个公开的问题绝不仅仅只是口舌之争,所以下文将要对接受马克思主义前后的布莱希特在思想与写作方面所体现的扣人心弦的连续性加以展示——所涉及的是一种几十年经久不衰且具有挑战力的学说,对他而言,自1920年起它便与老子这个名字联系在了一起。

同样,且恰恰是在布莱希特的"中国作品系列"中,道家创始人

---

① 译者注:生命主义(英语:Vitalism,又译为生命力论、生气论、生机论、生机说、生命力)是指有关生命本质的一种唯心主义学说。其基本立场是:生命的运作不只是遵循物理及化学定律,生命有自我决定的能力。该学说源于古希腊的亚里士多德,他认为事物是形式和质料的统一,而生物的形式是灵魂,即"隐德莱希",它赋予有机体以行为完善性和合目的性。近代生命主义提出"生基""精气""有感觉的灵魂""自发力""形成欲"等来代替亚里士多德的灵魂概念,并都用一种超自然的精神力量说明各种生命现象,把生命运动看作是由凌驾于生命物质之上的力量引起的。20世纪初,德国胚胎学家和哲学家杜里舒(H. A. E. Driesch)提出新的生命力论,把生命主义定义为生命过程的自主理论,并依据胚胎学的成果认为卵中隐藏着一种能调节生物发育的精神实体,即"活力"或"隐德莱希"。但当代分子生物学的研究成果最终证明了胚胎发育过程取决于基因的控制和胚胎各部分之间的相互作用,从根本上推翻了生命主义。
② 这一评价来自后来的民主德国文化部部长亚历山大·阿布施(Alexander Abusch)对《红军战士之歌》(Gesang vom Soldaten der roten Armee)的批评。该诗创作于1919年,1925年发表,后被收录于诗集《家庭祈祷书》(Hauspostille)。GBA 11,第312页;参见延·科诺普夫:《贝尔托梦·布莱希特》,Stuttgart,2000,p. 31。
③ 延·科诺普夫:《贝尔托梦·布莱希特》,Stuttgart,2000,p. 28。延·科诺普夫在"皈依"(Konversion)一词上加有引号以表示持保留态度。

的传奇也占据了一个从诸多方面来看独一无二的核心地位。① 在这里，如此具有中国传统特色的人物形象、思维方式、行为特征还如此严格地保持着原汁原味，远远超出布莱希特的绝大多数同类作品。除了与之紧密相关的流亡这一母题之外，这里还探讨了道家学说中的玄学思想，以及从中引申出的指导实践的人生信条及它与历史哲学的关系。恰如人们很早就观察到的那样，各种诗歌的创作手法、题材、主题在这里融为一体。而最根本的特色恰恰就是这种纷纷扰扰，因为这首诗歌比布莱希特其他任何一部作品都更为坚定不移地强调并展现出了一种基本矛盾，它潜移默化地影响其创作达数十年之久，并恰恰由于消解它的努力从未完全成功而使其诗歌创作变得硕果累累。探讨它的起源、演变与丰富的创造力正是本书的目标。而如果说在这一"关键诗篇"中所出现的列

① 这首先包含着一个前提：将布莱希特与老子的关系视为一种特殊关系，它不能被简单地视为"中国的"，它不仅有别于布莱希特与儒家、墨家思想之间的关系，也有别于他与其他道家思想家、与各式各样中国诗歌、戏剧、艺术和政治传统的关系。另外，它也包含了一种见解：布莱希特与道家及每一个哲学传统的关系都是自发的，甚至支离破碎到了近乎无礼的地步。参见安东尼·泰特娄：《恶的面具——布莱希特对中国和日本诗歌、戏剧、思想的反应、比较和批判性评估》，第 364 页。例如《道德经》的基本概念"阴阳"在他对道家的接受中没有任何痕迹留下。对此的全面概述参见宋伦烨（Yun-Yeop Song）：《贝尔托特·布莱希特与中国哲学》（*Bertolt Brecht und die chinesische Philosophie*），Bonn：Bouvier，1978。（关于布莱希特与道家的关系见第 102—153 页，与《道德经》的关系见第 102—129 页）关于西方道家接受史的包罗万象的文献参见克努特·瓦尔夫（Knut Walf）：《西方道家文献总目》（*Westliche Taoismus-Bibliographie-Western Bibliography of Taoism*），第 5 版，Essen：Verl. Die Blaue Eule，2003。《老子流亡路上著〈道德经〉的传奇》（Die *Legende von der Entstehung des Buches Taoteking auf dem Weg des Laotse in die Emigration*）引自 GBA 12，第 32—34 页。

宁主义"核心思想和立场"①从严格意义上来讲也是道家思想的表述,那这些诗句读起来又当有怎样的一番风貌呢?

若要回答这个问题,就必须先走出《老子》这首诗歌,最后再回到诗歌本身中来,横亘在两点之间的是一条漫长的道路,它所穿过的是广袤、但迄今还没有完全开发的领域——布莱希特的道家思想。这弯弯曲曲的道路穿越了这种道家思想产生的背景和历史渊源——我们要研究布莱希特所使用过的文献,研究这些文献的文化历史和话语历史印记以及这两者之间的关系;我们要研究哲学、文学和政治的时代背景,研究这一背景下布莱希特与道家思想、写作风格的接触,而他又是如何开始将其加以吸收的。这些研究还将涉及知识分子的观点(立场、总体思想),因为布莱希特的道家思想并不体现为他们中的特例,而是这一代人集体经验的组成部分,在那位苛刻的旁观者马克斯·韦伯(Max Weber)眼中,老子简直就是那代人的"时尚哲学家"。为了理解布莱希特的道家思想,就必须对他这首名诗进行仔细而耐心的研读。反过来说,要理解这首诗,就需要对通向它的道路进行仔细而耐心的重构,其中一些道路的起头要远远早于布莱希特的时代。

---

① 对布莱希特作品中的这一关键概念参见延·科诺普夫:《贝尔托梦·布莱希特》,Stuttgart:Metzler,2000,第70—74页《立场》一节。

在下面的几章中,由玛格丽特·斯特芬(Margarete Steffin)①在流亡斯文德堡期间打印并经布莱希特精心修改的手稿以及布莱希特档案馆保存的笔记和草稿将要扮演重要角色。首先还是让我们来看看布莱希特 1939 年发表在《斯文德堡诗集》中的这首诗,全诗共编为 13 节:

老子流亡路上著《道德经》的传奇

1.

当他年逾古稀,身体羸弱,

期盼宁静之心,迫切涌动,

但因国中善良,再度衰落,

邦内邪恶,复又逞凶。

老师系紧鞋带,踏上旅途。

2.

打点行囊,取他必备

所要不多,也需这那,

---

① 译者注:玛格丽特·斯特芬是布莱希特的情人兼秘书,曾对其作品进行过整理和编辑,后追随布莱希特一起流亡国外,1941 年在莫斯科病逝。

像那烟斗,晚间常抽,

一本小书,天天要读,

白白面包,估计只需寥寥。

3.

再见山谷,心复欢快,

得上山路,又将山谷忘怀,

见到青翠,牛儿欢喜,

驮着老者,又把鲜草咀嚼,

步儿不快,老者已觉够好。

4.

上路四天,巨岩夹道,

一名税吏,拦住去路:

"可有宝货?须得上税。"——"没有。"

引牛小童,代为作答:"他曾教书。"

如此一来,一清二楚。

5.

小官心中,却起涟漪,

兴奋追问:"他可搞出什么名堂?"

小童言道:"柔弱之水,奔流不息,

日复一日,战胜强石。

刚强居下,你定懂得。"

6.

小童赶牛,又上旅途,

暮色未沉,仍需赶路。

幽幽松间,三影渐隐。

小官心中,灵光忽闪,

扬声高叫:"嘿,你!站住!"

7.

"敢问老者,你那柔水,有何奥妙?"

老者驻足:"你感兴趣?"

那人言道:"我虽关令,

谁战胜谁,亦想分明。

你若知晓,便请道来!

8.

快快给我写下!就叫书童笔录!

这般玄机奥妙,怎可如此带走。

若论纸墨,此处亦备,

寒舍在旁,晚餐亦有。

夫言至此,意下如何?"

9.

老者侧头,打量来人,

袍钉补丁,足无敝履。

一道皱纹,深印额头,

啊,致胜之道,恐无他份,

由是喃喃:"你亦欲晓?"

10

此番请求,恭恭敬敬,

老者老矣,岂能推辞。

朗声言道:"问问题者,当得答复。"

书童亦言:"天也将冷。"

"那好,就此暂且小住。"

11.

于是智者,翻身下牛,

老少二人,奋笔疾书,

税吏备饭,每日伺候,

咒骂私贩,亦只低声。

如此七日,大功告成。

12.

这日清晨,书童敬献

八十一篇,警句箴言。

亦谢税吏,小赠程仪。

主仆二人,绕过松林,隐入山间。

敢问世人:若论礼数,谁人能及?

13.

然而,一切赞颂,不当只归智者,

他的大名,已在书上闪烁!

一份感谢,亦当归于税吏,

智者智慧,也须有人求索。

是他,求得智慧硕果。

"他可搞出什么名堂?"

　　这一传奇构成了布莱希特诗篇的核心,而它的起源却湮没在一个更为古老的半带神话色彩的故事中。当伟大的儒家史官司马迁在公元前 2 世纪记录下这个故事时,它已经被视为一个古老的传奇,在它所描述的那个世纪,儒家加强中央集权的努力再度与野心勃勃的封建诸侯激烈碰撞,走向内战,人们已有足够的理由去控诉国内日益猖獗的邪恶势力并且开始考虑流亡之路。① 翻译家卫礼贤(Richard Wilhelm)在他的德译本《老子:道德经——老者的真谛与生命之书》(简称德译本《道德经》)前言中复述了这个故事,布莱希特便是由此得知了来龙去脉。这位在他那个时代最具声望的德国汉学家,早年在图宾根接受高等教育,后与最终成为宗教社会主义者的克里斯托弗·弗里德里希·布鲁姆哈德(Christoph Friedrich

---

① 　参见卫礼贤在其著作《中国文学史》(*Geschichte der chinesischen Literatur*, 1926)中的描述。译者注:尽管儒家思想在老子生活的春秋时期尚未获得后世那般显赫地位,但孔子在鲁国"摄相事"后"堕三都",以削弱世家大夫,的确可以看作是一种加强中央集权的努力。

Blumhardt)结下了对他毕生影响深远的友谊。1899 年,他作为牧师和传教士来到了当时属于德国殖民地的青岛。1924 年,他以学者身份返回德国,执教于法兰克福大学。除《易经》和道家典籍《庄子》《列子》之外,卫礼贤还为迪特里希出版社翻译了老子的 81 篇名言警句——题为《老者的真谛与生命之书》(*Das Buch des Alten vom SINN und LEBEN*),它并非第一个德译本,但引起的反响却无人能够企及。[①] 卫礼贤在译本前言中是这样讲述故事的:

> 据说,当国家状况江河日下,恢复秩序已毫无希望时,老子决定归隐。照后人的说法,他骑着一头黑牛,……来到了函谷关,这时,边境官员尹喜请求他为自己留下一些文字性的东西。应此要求,老子写下五千余字的《道德经》交给了他。而后他向西行去,没有人知道他去了什么地方。[②]

---

① 原书注:由于本书只就与布莱希特的接受史有关的《道德经》历史沿革进行探讨,此处仅就目前已知的卫礼贤所用文献来源作要说明:《道德经》的成书至少可以追溯到公元前 2 世纪,但要到更晚的时候才正式得名。卫礼贤所用的是王弼在公元 3 世纪修订的公认的经典版本。此外他还参考了法译本,据说产生于公元前 2 世纪的河上公本。《河上公章句》中出现了 81 节(篇)的划分法并流传于世,卫礼贤所用的版本中还在每篇前加入了总结性或点评性的小标题,这就是其译本里每小节前标题的来历。详见《〈道德经〉和它的传统》(*The Daodejing and its tradition*),载利维亚·科恩(Livia Kohn)编:《道教手册》(*Daoism Handbook*),Leiden, Boston, Köln, 2000, pp. 1 - 29。卫礼贤自己在译本导言(pp. Ⅵ - Ⅶ)中对《道德经》的产生和流传也有介绍。
② 卫礼贤译:《老子:道德经——老者的真谛与生命之书》(*Laotse: Taoteking. Das Buch des Alten vom SINN und LEBEN*),Düsseldorf, Köln: Diederichs, 1972, p. 3。来源于司马迁的这一故事还见于卫礼贤的《中国文学史》和鲁道夫·史图博(Rudolf Stübe):《老子其人与著作》(*Laotse. Seine Persönlichkeit und sein Werk*),Leipzig:(转下页)

跳过几段之后,卫礼贤又对国家的江河日下进行了更为详尽的描述:

> 人民在统治者的压迫下呻吟着,但已经没有力量用激烈的行为来表达自己的意愿……彻底的虚伪已经腐蚀了所有的人际关系,虽然对外还在宣称仁爱、正义和道德是最高理想,但内心中的欲望与贪婪已毒化了一切。在这种情况下,每一次恢复秩序的努力都只带来更多混乱。[①]

即便众所周知这个故事带有传说的性质,正如它的主人公或许只是民间神话传说中的人物,加上《道德经》的产生过程无疑是更加的漫长和错综复杂,但这个故事中却已经包含了布莱希特想要知道和所要使用的一切关于老子在流亡途中写下《道德经》的材料。书中那幅占据两页篇幅的插图显然为布莱希特提供了生动的蓝本(见图二),中国画上的老子骑着牛,立于岩石之中,旁边还

(接上页) Mohr,1912,p. II。克拉朋特(Klabund)也以卫礼贤译本为基础改编过老子的故事(见下文)。译者注:《史记·老子韩非列传》中原文为:"老子脩道德,其学以自隐无名为务。居周久之,见周之衰,乃遂去。至关,关令尹喜曰:'子将隐矣,彊为我著书。'於是老子乃著书上下篇,言道德之意五千馀言而去,莫知其所终。"

① 卫礼贤译:《老子:道德经——老者的真谛与生命之书》,第11、16页。译者注:卫礼贤的《道德经》译本第一版印于1911年,后再版多次,1956年再版时,其遗孀根据其笔记和后来发表的著作对译文进行了多处修改,本书主要引用的是修订后的新版译本。

图二 卫礼贤德译本《道德经》1911 年版首页插图
（来自中国,作者、年代不详）

有书童和正在施礼的关令。①

　　情节就这么多,这便是流亡者布莱希特从中国史料中得到的故事框架。

　　"小官心中,却起涟漪,/兴奋追问:'他可搞出什么名堂?'"不错,布莱希特诗中对老子学说的阐述非常简略,但却非常精确。这位流亡中的教书匠"搞出"的知识被浓缩到了一段核心诗句中:

―――――――――

① 　就笔者看来,鉴于布莱希特诗歌与卫礼贤所复述的故事以及译本插图(出现过该画卷的译本仅此一个)在细节上吻合,在研究中争议多时的布莱希特作品材料来源问题已最终解决。此外,布莱希特对"老子"(Laotse)和"道德经"(Taoteking)的拼写也与卫礼贤译本完全吻合。

　　小童言道："柔弱之水，奔流不息，

　　日复一日，战胜强石，

　　刚强居下，你定懂得。"

　　这句话听上去是如此简单，而融汇其中的思想却又是如此深奥。这些思想与布莱希特的诗歌世界紧紧交织在一起，而绝非表面上那么单纯。

　　在《道德经》这本已被封为"经典"的书中，81 篇具有诗歌韵味的名言警句所阐述的是与"道"——道路、"德"——生命，以及正确的行为方式有关的内容。在这本书上，智者的名字熠熠生辉，它并不指向某个具体的人，而是被改写成了某种类型的人："老子"——年长的智者。① 这部作品充满简洁而富有诗意的比喻、饱含辩证思想的短语，它代表着一种神秘主义的一元论形而上学思

① 有关研究现状参见弗洛里安·C.莱特（Florian C. Reiter）：《图书与画卷上的老子生平与影响》（*Leben und Wirken Lao-tzus in Schrift und Bild*），Würzburg：Königshausen & Neumann，1990。本书中，"道家"所指的都可以追溯到老子的传统哲学（以及与之相关的诗学），也就是瓦兹所说的"冥想的道家"，见艾伦·瓦兹（Alan Watts）：《道——水流之路》（*Tao. The Watercourse Way*），New York：Pantheon Books，1975。而在公元 2 世纪创立的将自然宗教、巫术和占卜术结合起来的机构化道教不在本书讨论之列，因为它在布莱希特以及欧洲的道家接受史中未发生影响。卫礼贤认为："今天人们习惯称为道教的东西其实完全来自老子的《道德经》以外的源头。它只是古代中国某种被系统化了的民间宗教，持万物有灵论，与印度思想有密切联系。"（《导言》，p. XIV）原则上讲，这一结论在今天的研究中依然有效。参见弗洛里安·C.莱特（Florian C. Reiter）：《道教的基本要素与取向》（*Grundelemente und Tendenzen des religiösen Taoismus*），Stuttgart：Steiner-Verl. Wiesbaden，1988。对"道教/道家"不同流派的概述参见科恩（Livia Kohn）出版的《道教手册》（*Daoism Handbook*）。

想以及一种从中引申而出的伦理学，原则上来讲它就是没有原则、随机应变。那流动的水，不断远去却又总会归来，它柔弱无比却又有着无法被征服的强大，你无法抓住它、无法限制它，它不断变化却还保持着原来的样子——这历来就作为核心比喻，或者说，干脆就作为道家哲学的缩影在发挥着影响。它同时直观地表现了那种生机勃勃的宇宙存在原则——它总是奔流不息而又闲庭信步。使用"道"这个概念，只是以一种辅助的比喻方式将其概念化地陈述出来，它的本质是无法被直接描述的，只有借助于不可言说、表面上似乎自相矛盾的神秘措辞才能将其表述出来。

从字面上讲，"道"在汉语中是道路的意思。卫礼贤在他的译文中用"SINN"（真谛）来翻译它（他在此处特意采用大写以表明其特定含义），准确地说，他借用了歌德《浮士德》中的一场：浮士德将《约翰福音》开头的 logos 翻译为"太初有真谛"（Im Anfang war der Sinn），恰如卫礼贤所指出的，在将《圣经》翻译成中文时，希腊语的 logos 概念也总是被"道"替代。

而道家形而上学的第二个补充性概念也在布莱希特那里得到了精确表述，根据老子的教诲，与那种无始无终的"道"的运行所对应的是某种人的行为方式，一种"品德"，即"德"。从本质上讲，它只是道的一种运动的延续，其核心是"无为"——不去抗争、不采取行动。但是，从极度矛盾和辩证的角度来说，这种无为恰恰是一种行

为方式,只有它才真正符合宇宙的本质,因为老子这样说道:

> 道无为而无不为。(《道德经》第 37 章)
>
> 为无为,而无不治。(《道德经》第 3 章)

也就是说:"圣人……不敢为"(《道德经》第 64 章)。恰恰是因为他不去干涉道的运行,所以他才遵循了水的流动:一切都放任自流;而这种放任恰恰是他能够从容不迫的原因所在。他通过无为改变着自己,也改变着他的世界,随着时间的推移,即便是强大的岩石也被他战胜。从这一基本的观点中明显可以得出一些带有政治色彩的结论,对于后来成为马克思主义者的布莱希特而言,这些观点所具有的煽动力是难以估量的:

> 故圣人云:
>
> 我无为而民自化。
>
> 我好静而民自正。
>
> 我无事而民自富。
>
> 我无欲而民自朴。(《道德经》第 57 章)

那个真正要为"民"效力的人:为了人民的利益,他应当做的,恰恰是最好什么都不做（无为），静静地让一切发生，而那些事即便没有他的参与也照样会运行下去。无为，作为一种不干涉，它是与作为创造万物之源的"道"协调一致的一种行为，恰如布莱希特在卫礼贤译本中读到的那样，它的特点是"总在流动之中"——"周行而不殆"（《道德经》第 25 章）。《道德经》告诉我们，谁懂得了这一点，谁就能够"后其身而身先，外其身而身存"。（《道德经》第 7 章）①

于是就有了"柔之胜刚，弱之胜强"（《道德经》第 78 章）。谁在漫长的一生中已然经历了够多的善恶更迭、大喜大悲，谁到了晚年就不会再投身于任何一派，而会抽身于这种更迭，打点行装，去追寻当下一刻的永恒循环。他不再渴求善，而是渴望宁静。他通过成为弱水，击碎了强大的岩石。这也可以反过来说，他击碎了岩石，于是具有了水的特性。

在关于水的比喻方面，道家思想和赫拉克利特②的思想很容

①　原书注：还可参见《道德经》第 13 章"吾所以有大患者，为吾有身，及吾无身，吾有何患？"。

②　赫拉克利特（Heraclitus，约公元前 535 年—前 475 年），古希腊哲学家，朴素辩证法思想的代表人物。其主要思想有：宇宙本身就是不停歇的运动，"过去、现在和将来永远是一团永恒的活火，按一定尺度燃烧，一定尺度熄灭"。他还有"万物皆动"或"万物皆流"学说：万物都是在不断运动变化之中。赫拉克利特有一句名言"人不能两次踏进同一条河流"。他的逻各斯理论认为：事物的运动变化是按照一定的规律进行，逻各斯（logos）不仅是世界万物运动变化的原理原则，也是人摒弃感觉印象，通过语言和理性思维所把握的世界规律。他的对立统一学说认为：事物的运动变化是和事物本身存在的矛盾对立不可分割，每一种东西都是对立性质的统一，没有什么东西的性质不变，没有什么东西具有永恒的性质。赫拉克利特是古希腊第一个用朴素的语言讲出了辩证法要点的人，因此被视为辩证法的奠基人之一。

易被混淆起来,但两者却在此处显示出至关重要的分歧。这里所说的不仅仅是一切都在流动之中,而是说,流水具有真正改变世界的力量。与它对抗,是不明智的。采取"无为"去顺应它才是明智的诫命。因此,与赫拉克利特的名言相比,道家与卡尔·马克思的某些观点倒是可以更容易地结合起来——至少在世界观方面,他们都认为"每一种产生出来的形式都处在不断的运动变化中"。马克思以此来表述他的唯物主义辩证法思想,①至少仅从此处来看,马克思与老子的思想相距并不遥远。(即便恰如布莱希特自己所强调的那样,二者会产生出截然不同的结果。)

因此,如若从道家的无为思想中只感受到清心寡欲、听天由命或者寂静主义②的消极被动,那将是彻底的误解。其实它更应被理解为一种独特的、坚持不懈的斗争方式。因为"善胜敌者不与"(《道德经》第68章)。恰如艾伦·瓦兹所阐述的那样,无为作为"不强迫"意味着"随群而动,借势而为,顺流而游,迎风张帆,弄潮

---

① 引自卡尔·马克思(Karl Marx)、弗里德里希·恩格斯(Friedrich Engels):《文集》(Werke),德国统一社会党中央委员会马列主义研究所(Institut für Marxismus-Leninismus beim ZK der SED)编,Berlin:Dietz,1972,p. 28。
② 寂静主义(Quietismus)是一种神秘的灵修神学,17世纪的法国寂静主义者认为信徒在灵修当中单单享受与神交通的神秘经验,而这经验乃是神主动白白赐下的,并非来自个人修为。因为不同意人能够靠人为的努力来达到完美的境界,他们主张应该把自己交给上帝,通过祈祷人才会达到不会犯罪的境界,因为没有自己的意志,就算因诱惑而犯罪,那也不算为罪行。他们的主张触怒了天主教,因为这威胁了天主教一贯奉行的苦修、行善以换取天主喜悦、得到平安的主张,1687年,教宗伊诺森十一世对此予以了谴责。

023

赶在涨潮时"①。

这里所宣告的并非一种关于放弃和失败的学说,亦非一条简单的通向和谐与幸福的道路,而是唯一一条有望"致胜之道"。卫礼贤用"致胜之道"这个标题在另一本道家经典著作《列子》中概括了一个与《道德经》中原则完全一致的段落:

> 天下有常胜之道,有不常胜之道,常胜之道曰柔,常不胜之道曰强……强胜不若己……柔胜出于己。(《列子·黄帝》)

"啊,致胜之道,绝无他份。"从这位古怪客人交给他的非暴力的常胜之道中,那位关令终于认识到如何才能"胜出于己"。

老子反复强调着这个道理:"不欲以静,天下将自定。"(《道德经》第37章)"为者败之,执者失之。"(《道德经》第29章)与之相反,谁能够在生活中与道保持一致,谁就会"不以兵强天下"(《道德经》第30章),"不敢以取强"(《道德经》第30章)。他的风格是喜欢退让("其事好还",《道德经》第30章)。因为第76章中写道:

---

① 参见艾伦·瓦兹著作《道——水流之路》中《无为》一章(第113—146页),第116、119页。

图三　卫礼贤德译本《道德经》1911 年版内封

是以兵强则灭，木强则折。强大处下，柔弱处上。

随着柔弱变为至柔至弱，对暴力的放弃也上升为绝对不抗争的和平主义原则。从一章到另一章，"无为"越来越清晰地呈现为放弃暴力的升级形式——由此成为人类所能做到的最为被动但由此也最为有效的被动抗争形式。因为："天下之至柔，驰骋天下之至坚。……吾是以知无为之有益。"（《道德经》第 43 章）

天下之至柔：即那个反复出现的水的比喻所揭示的，而它同时又是宇宙运行规律（道）和与之相应的人际关系（德）的生动说明。"运动中的弱水",它有能力战胜即便是最最坚固的东西,彻底改变僵化无比的关系——因为就其本质而言,道本身就是"奔流不息"。

在《道德经》和后来那些以之为基础的道家传统经典中,"水"绝非一个普普通通的比喻,而是简明扼要地总结了无为学说。它在充满比喻的道家著作中所占据的核心地位从 1975 年艾伦·瓦兹那个通俗性读本的标题上就可以看出来:《道——水流之路》(*Tao*, *The Watercourse Way*)。①

但是,直到第 78 章,也就是《道德经》快要结束的时候,这幅画卷才被完整展现出来:

> 天下莫柔弱于水。而攻坚强者,莫之能胜。以其无以易之。弱之胜强。柔之胜刚。天下莫不知莫能行。

这就是布莱希特在诗歌第五节中所转述的——同时还涉及了对此进行解释和深化的第 4、第 7 和第 43 章中的内容。② 而这并不是他从《道德经》中所汲取的唯一一点。

---

① 笔者认为布莱希特作品材料来源问题已解决,布莱希特对《老子》和《道德经》的拼写也与卫礼贤译本完全吻合。

② 原书注:不难看出,布莱希特在第五诗节中为"水"添加的"奔流""日复一日""强大"等形容词并非出于其凭空想象,而是来自与《道德经》第 78 章紧密相关的第 43 章。

您准会发笑:《道德经》①

人们无法不注意到,不仅是卫礼贤的译著本身,甚至于版面设计都显示出神秘而陌生的色彩,而这又与人们绝对熟悉的基督教观念有显著的相似之处。人们不难想到,最柔软的东西被证明是最坚硬的,这与基督教的观点——《登山宝训》中所说"在后的将要在前"②是相一致的。道家学说与基督教最明显的差异在于,它放弃了一个人格化的神灵形象(因此关于人的刻画也是如此之少),这样它就不可能与救世史的观念统一起来,甚至根本谈不上有什么历史。从基督教的观点来看,要从中推导出一些灵活的道德规范("德")实在是太难了。然而它们却在彻底重新评价强与

---

① 译者注:1928 年,当布莱希特被人问到哪本书给他印象最深时,他回答:"您准会发笑:(是)《圣经》。"此处是套用了这一回答。参见[德]克劳斯·弗尔克尔:《布莱希特传》,李健鸣译,中国戏剧出版社 1986 年版,第7—8页。
② 见《马太福音》第 20 章第 16 节。译者注:《登山宝训》(亦作《山上宝训》)指的是《新约·马太福音》中耶稣在山上教训门徒时所说的一段话,被认为是基督徒言行的准则。这段话开始于《马太福音》第 5 章中这样一句:"耶稣看见这许多的人,就上了山,既已坐下,门徒到他跟前来。他就开口教训他们……"所以称为《登山宝训》,其中的"主祷文""天国八福""有人打你的右脸,连左脸也转过来由他打"尤为著名。

弱、强权与无力、胜利与失败方面显示出独特的相似之处,而在至少暗示过的超越生与死的界限方面也是如此。它们在谈论起某种不可言说之物时的语言表达方式、在偏爱言简意赅的悖论和富有诗意的比喻方面也是如此相似。[①]

　　道家与基督教间这种独特的相似之处在多大程度上可以从它们自身中找到原因,这是一个宗教历史比较学的问题。但不管怎么说,老子的道家思想在欧洲是被作为一种双重字面意义上的后基督教玄学和人生规范来接受的:这也适用于作为读者的布莱希特。因为如果抛开道家与《圣经》及基督教的这种复杂关系,就无法理解布莱希特最重要的创作源泉,也无法理解他在阅读时所处的文学和哲学语境。而这种复杂关系有着它的来历,对我们的研究而言,了解它是必不可少的。

　　卫礼贤的译本是如此卓越,恰如我们将要看到的,布莱希特只是众多被他吸引的读者之一,然而,通向这一《老子》接受史新纪元的道路却是如此漫长。我们必须要对这条道路有所了解,进而认识和理解其本质特征,可以看到,它在卫礼贤的事业中部分被继承、部分被拒斥,由此又通过他继续影响到了布莱希特这样的

---

① 原书注:道家思想与佛家思想——至少是欧洲知识分子基于叔本华的介绍所接受的佛家思想——在很多方面也有相似之处,两者间的根本分歧在于道家缺少对世界的拒斥。它并不追求跳出生活(或意志)的循环,而是致力于按照与生活自身法则相应的方式安排生活。它的目标不是涅槃,而是一种忘却自我的幸福的此在状态。

读者。

在欧洲,与印度教及佛教(两者关系紧密而又富于争议)相比,道家思想可谓姗姗来迟,但它的光芒却一直照亮到了20世纪。起初,在巴洛克时代早期,只有法国耶稣会传教士含含糊糊地提到它,到了启蒙运动时期,学者们更为感兴趣的是儒家的社会和伦理思想,而对道家只有零零星星的认识。直至法国语言学家、文化历史学家和翻译家雷慕沙(Jean-Pierre Abel-Rémusat)将包括《老子》在内的大量中国文学和哲学著作介绍到巴黎之后,它才在欧洲产生了深远影响。1823年,已经在法兰西科学院设立的首个汉学教席上执教9年的雷慕沙发表了介绍这位神秘智者的论文《老子的生平与学说》(*Mémoire sur la vie et les opinions de Lao-Tseu*),其中也包括了《老子》部分篇章的译文。① 数载之后,当他的学生和继任者儒莲(Stanislas Julien)于1842年发表中法对照的《道德经》译本时,哲学家及学者们关于老子的讨论已经进行得如火如荼。雷慕沙论文的基础是他同样作于1823年的一个报告。他的目的是要证明老子曾经旅行到叙利亚和希腊,他在那里不仅了解了柏拉图哲学和毕达哥拉斯的神秘理论,同时也了解了犹太教神学的

---

① 译者注:该书全名为《关于老子的生平及其学说,公元前6世纪哲学家,其思想与毕达哥拉斯学派及柏拉图学派所提出的学说有无可争辩的共同之处》(*Mémoire sur la vie et les opinions de Laotseu, philosophe Chinois du VI. siècle avant notre ère, qui a projessé les opinions communément attribués à Pythagore, à Platon et aleurs disciples*)。书中包括有《道德经》第1、14、25、41和42章的法语译文。

基本特点。

恰如雷慕沙的许多著作一样,这一说法也在德国引起了广泛的兴趣。这一时期,威廉·冯·洪堡(Wilhelm von Humboldt)在与雷慕沙进行着书信往来,而正在魏玛酝酿着"世界文学"蓝图的歌德在 1827 年后也从雷慕沙的译著中获得灵感,创作了诗集《中德四季晨昏杂咏》(*Chinesisch-deutsche Jahres-und Tageszeiten*),并在诗中化身为一位老迈的中国官员,由此接近了儒家的创作文化。而波恩的哲学家、历史学家温第士曼(Carl Joseph Hieronymus Windischmann)则有目的地从雷慕沙作品中发掘出了一个臆想的、带有犹太和希腊文化特色的老子形象。① 不仅是温第士曼、雷慕沙等众多学者,还有谢林等哲学家,特别是 19 世纪的一大批天主教及新教神学家,他们都相信在《道德经》的某些段落,尤其是在第 14 章中,可以发现犹太教上帝之名的中文拼法。② 在温第士曼看来,这是确凿无疑的:在法文译本中被拼写为"I-HI-WEI"的名字所指的正是《圣经》中的"雅威"(Jahwe)或"耶和华"(Je-ho-vah);在这个所谓一再以这种或那种方式出现的三字组合中,基督

---

① 卡尔·约瑟夫·希罗律慕思·温第士曼(Carl Joseph Hieronymus Windischmann):《世界史进程中的哲学:第一部分:东方国家哲学基础:第一章:中国》(*Die Philosophie im Fortgang der Weltgeschichte. Teil I: Die Grundlagen der Philosophie im Morgenland. Erste Abtheilung: Sina*),Bonn:Marcus,1827。

② 译者注:《道德经》第 14 章开头写道:"视之不见名曰夷,听之不闻名曰希,搏之不得名曰微。""夷-希-微"这三个音节合在一起就成为"I H W",来华耶稣会士相信这就是《圣经·旧约》数百次提到的上帝之名"耶和华"在汉语中的转写。

教世界的阐释者们所看到的是一种优先以哲学猜想方式体现出来的基督教三位一体思想。① 这种看法在虔诚的信徒中间,特别是在传教士的神学圈子里流传了很长时间。直至 1914 年还有一篇题为《老子——一位基督教产生之前的真理见证人》(*Lao-tsze*, *ein vorchristlicher Wahrheitszeuge*)的作品问世,它的作者是德国最大的福音派传教出版社领导人约翰内斯·黑塞(Johannes Hesse),而他的儿子赫尔曼·黑塞(Hermann Hesse)不久之后就凭借其小说成为德语文学中最有影响力的老子思想宣传者,而那绝不再仅仅只是基督教意义上的老子。

由此一来,《道德经》从一开始就与欧洲基督教传统处于一种独特的双重关系中,它那难以估量的后果一直影响到布莱希特对《道德经》的接受。② 一方面,其哲学思想根基展现为一种犹太—基督教神学的变体,它经过了诗意的伪装,而这种以臆想为基础的伪装又迎合了浪漫的东方主义想象。老子被视为与欧洲古代柏拉图、贺拉斯一样的人物,他即便不能被视为基督教产生之前的基督

① 卫礼贤后来将第 14 章中的"夷-希-微"分别译为"相同""精细"和"小";并在注解中写道:"从中文的'夷-希-微'中读出希伯来上帝之名的努力到此可以宣告结束了。"卫礼贤译:《老子:道德经——老者的真谛与生命之书》,1972 年,第 94 页。当代汉学家德博(Günther Debon)将其译为形容词形式:"肤浅的""秘密的""微妙的"。德博译:《道德经——关于道路与品德的圣书》(*Tao-Te-King. Das heilige Buch vom Weg und von der Tugend*),Stuttgatt:Reclam,1961,p. 40。
② 迄今为止,欧洲仍普遍将《道德经》拼写为 Taoteking,这仍然是雷慕沙所留下来的拼写方式。

徒,也可被视为一位救世主弥赛亚的先知,这就迎合了西方人的期待。而另一方面,这种恰恰与基督教表达和思维方式接近的道家思想又在习惯于宗教眼光、熟悉基督教教义的人眼中罩上了一层诱人的异域光环。

1870 年,德国学者普兰克勒(R. von Plänckner)发表了第一个《道德经》德语全译本,这一译本采用了自由的散文体并有许多添加的成分。紧随其后的是图宾根的自由主义神学家维克多·冯·施特劳斯(Victor von Strauss)在同一年出版的全译本,其中延续了神学方面的猜想并加入了基于臆想的新论据和新发现。① 相比之下,他的认真程度远胜前者,直至今日仍被不断重印,还被韦伯所引用,并被其喻为"天才"的译本。1888 年后又有更多人加入翻译和阐释者行列,其中只有极少数可称得上具有创造力。他们越来越毫无顾忌地将道家思想融入具有生命主义和新浪漫主义色彩、间或还有点神秘主义特征的时代潮流,对文明病展开多多少少有些混乱的批判。1888 年,柏林 Dunker 出版社出版了诺阿克(F. W. Noak)的译本《老子道德经》(*Taòtekking von Laòtsee*),译者在

① 原书注:这一译本至今仍在苏黎世由马内撒图书馆(Bibliothek Manesse)不断再版。施特劳斯在这一译本的第 14 章特地先采用音译以保留"上帝之名"的发音,而后在括号中给出德语翻译,再用基督教三位一体学说加以总结:"他的名字是夷(相同)……希(少)……微(精微),这三者无法探索穷尽,因此它们联结起来,合为一体。"(sein Name ist: Ji (gleich), [...] / Hi (wenig), [...] / Weh (fein) / Diese Drei können nicht ausgeforscht werden, / darum werden sie verbunden und sind Eins.)

书名的拼写上就已别出心裁,尽力"不加注释……将异国作品同化为我们自己语言的风格",并且据此用"神"这个词替换了"道"的概念。1897 年,弗兰茨·哈特曼(Franz Hartmann)在他具有高度臆测性的阐释中将《道德经》说成是"神智学在中国"的表达。1903 年,德乌拉克(Rudolf Dvorák)出版了《老子和他的学说》(*Lao-tse und seine Lehre*),同年,亚历山大·乌拉尔(Alexander Ular)的译本问世。1908 年,约瑟夫·科勒尔(Joseph Kohler)在其译本中将《道德经》称为"东方最伟大的智慧"(Des Morgenlandes größte Weisheit)。1910 年,孜孜不倦地寻找着《道德经》与《新约》亲缘关系证据的图宾根《旧约》研究者尤里斯·格利日(Julius Grill)出版了《老子的至真至善之书》(*Lao-Tzes Buch vom höchsten Wesen und vom höchsten Gut*),他在书名中就将中国概念与西方神学传统熔为一炉,俨然将老子抬高到了青年运动①的宗教创始人地位——这一运动虽与基督教大相径庭,但却同样具有宗教意义

---

① 译者注:青年运动(Jugendbewegung)是第一次世界大战结束后德国社会上兴起的社会运动。其主体是 1890 年之后出生的一代年轻人,他们既不满技术中心主义和物欲横流对社会造成的腐蚀,又不满魏玛共和国所代表的市民社会和代议制政体软弱涣散的现实,纷纷起来倡导"青年自己教育自己""青年自己实现自己",成立了"全德青年团体联合会"等各种社团,阅读尼采的哲学、斯特凡·格奥尔格(Stefan George)的诗歌,倡导简朴的生活方式、强烈的道德感和社会参与意识以及青年人之间的兄弟情谊,希望以此改变现实。巅峰时德国有三分之一以上的年轻人都参加了各种社团,总人数超过 500 万人。1933 年纳粹上台后,青年运动被纳入"民族青年运动"的轨道,原有的青年团体遭到解散,仅保留由纳粹领导的"希特勒青年团"。参见曹卫东编:《德国青年运动》,上海人民出版社 2013 版。

图四　卫礼贤像（拍摄时间、地点不详）

上的诉求。

　　1911 年，那个对文学领域影响最为深远的译本诞生了。尽管从汉学的角度看来，此后有诸多更为精确的译本问世，但迄今为止它仍堪称德语《道德经》中最为经典的版本，对道家经典而言，它就相当于路德（Martin Luther）译本之于《圣经》。[①] 它是卫礼贤的中国哲学经典系列译丛中的一种，这一最终达到五卷的译作系列还包括来自上古的智慧与预言之书《易经——变异之书》（*I Ging: Das Buch der Wandlungen*）、介绍孔夫子语录的《论语》、道家经典《庄子南华真经》（*Dschuang Dsi: Das wahre Buch vom südlichen Blütenland*）和《列

---

①　译者注：马丁·路德 1517 年拉开德国宗教改革运动的序幕后，为打破罗马教会对《圣经》解释权的垄断，让德国百姓都能自己去阅读《圣经》，耗时 12 年完成了《圣经》的德语翻译工作。路德德语的实用性和生动性使得其译本具有长久的生命力，为德语走向统一奠定了坚实的基础，也为此后德语文学的语言、风格和品味奠定了基础，以至于革命导师恩格斯在《自然辩证法》中盛赞路德"创造了现代德国散文"和"十六世纪的《马赛曲》"。

子冲虚真经》(*Liä Dsi: Das wahre Buch vom quellenden Urgrund*)。①

卫礼贤,这位在世纪之交作为新教传教士来到殖民地青岛的德国神学家,后来曾自豪地承认,他在那里并没有成为向中国人宣讲基督教的传道者,相反却以青岛为起点,成为德国人中影响最为深远的中国智慧宣传者。他的译著,特别是《道德经》的译本,所蕴含的巨大影响力来源于一个简单的原则,它与雷慕沙及其后继者所开辟的传统一脉相承,而恰恰是由于这一点,他的译作常常受到新生代汉学家的批评:它们颠覆了传教士的文化侵略原则,不再借用中国传统话语来表述基督教的救世福音,而是通过与基督教话语体系建立联系而使得中国传统文化在基督教文化圈中变得通俗易懂——不仅仅是作为一种希腊、犹太—基督教式思维方式的遥远而独特的变体,而且从与现代思维的兼容性来看,它甚至可能还超越了前者。因此,卫礼贤故意让老子穿越语言的时空,一再使用那些路德《圣经》读者觉得格外亲切的概念和比喻。

因此,人们从卫礼贤的德译本《道德经》中得知,道"给万物以衣衫和滋养"(第34章:"衣养万物"),道如同"天"一样"永在"(第7章:"天长地久"),道允诺赐予"生命"和"幸福"(第35章:

---

① 译者注:卫礼贤在翻译这两部书名时借用了当时在西方社会较为流行的概念,例如将《南华真经》译为 *Das wahre Buch vom südlichen Blütenland*,即所谓"南方繁荣国度的真理之书",这绝对不会让德国读者想到庄子隐居的南华山,而只会让他们联想到被欧洲人视为世外桃源的南太平洋岛屿,因此曾遭到汉学家批评。

"安平太……乐与饵")。在这样一个语境中，即便是"事情就成就了"(第17章："功成事遂")这样一句随随便便的话也会让人联想起《圣经》中的表达方式。① 这一点尤其明显地体现在一些段落中，它们几乎是逐字逐句从路德的《新约》中照搬而来，并且在那里就已常常被视为布道辞。"谁能使他的灵魂变得单纯而谦卑，他就有望变得如同小孩子一样。"(第10章："专气致柔，能如婴儿乎？")②老子这样教导他的德国读者并且要求他们"返璞归真"："要返回去变得像小孩子"(第28章："为天下谷，常德不离，复归于婴儿")。③他宣称："坚守你的淳朴就能减少利己主义，克制你的欲望"(第19章："见素抱朴，少私寡欲")。④ 他将"知足的人"与"过度牵挂于外物"⑤因而"不足以取天下"(第48章)⑥的人区别开来。最后，到了第62章，他干脆将中国智慧古书中的"古之所以贵此道者何。不曰：求以得，有罪以免邪？"，完全换成了《马太福音》中的话："为什么古人如此珍视'道'呢？ 没有其他的原因，难道不是像人们所说的那样吗，请求者就能得到，有罪者就能够获得他的赦免？"

---

① 原书注：可对照《新约·约翰福音》第19章第30节。译者注：此外，《旧约·创世纪》第1章中也曾反复使用"于是，事情就这样成了"这一表达方式。

②③ 可对照《新约·马太福音》第18章第3节和第19章第14节。

④ 可对照《新约·罗马书》第13章第14节等处内容。

⑤ 均出自第44章："甚爱必大费。多藏必厚亡。知足不辱。知止不殆。"可参照《新约·腓力比书》第4章第11节以及《旧约·诗篇》第62章第11节。

⑥ 可对照《新约·路加福音》第9章第62节。

　　除此之外还有卫礼贤为各章节所加的小标题。他所依据的是河上公的注释本,但其中一些标题在卫礼贤笔下却发生了变化,目的就是将这个陌生的文本融入大家所熟悉的视野(但这些小标题在后期的版本中又无声无息地消失了)。例如那个对布莱希特而言至关重要的流水比喻,在卫礼贤译本中,它被放在这样一个小标题下:《全部依靠信仰的地方》(*Was man dem Glauben überlassen muss*)。①

　　如此一来,与其他译本相比,卫礼贤笔下这本道家智慧的奠基之作就更凸显为一部新颖的宗教诗。在卫礼贤的《道德经》译本中,仿佛有另一个源头贯穿了中国的智慧之书,而且一行比一行表现得明显——来自那个源头中的比喻和表达方式是年轻的布莱希特从小就深深刻在脑海里的,它就是布莱希特诗歌中所说的:"您准会发笑:《圣经》。"②

　　至于卫礼贤为何要将"道"翻译成"真谛"(SINN),他已经作了解释——这与对基督教《圣经》的阐释以及德国最伟大的文学作品《浮士德》(*Faust*)密不可分(也是由他所翻译的中国作品具

①　译者注:卫礼贤在《道德经》德译本第一版中翻译了河上公本里为各章节所加的小标题。其中第78章标题为:《任言第七十八》。卫礼贤对这一小标题的翻译过于"德国化",很容易让德国读者联想到马丁·路德赫赫有名的"因信称义"学说。
②　原书注:布莱希特这句经常被引用的话出自《妇女》(*Die Dame*)杂志副刊《散页》(*Die losen Blätter*)1928年10月对他的采访。参见艾伯哈德·洛热(Eberhard Rohse):《早期布莱希特与〈圣经〉——对奥格斯堡宗教课与一位中学生的文学尝试的研究》(*Der frühe Brecht und die Bibel: Studien zum Augsburger Religionsunterricht und zu den literarischen Versuchen des Gymnasiasten*),Göttingen:Vandenhoeck & Ruprecht,1983,p. 14。

有的崇高地位所决定的)——歌德笔下的浮士德在绞尽脑汁翻译希腊语中 logos 一词时就采用过这一概念。卫礼贤在译本前言中的一个重要段落里作了以下解释:

> 从根本上来讲,这与表达没有多大关系,因为它对老子本人而言充其量不过是个代数符号,用于代表某件不可言说的事物。在德译本中为其找一个对应的德语词汇,本质上只是因为从美学角度来看这更为符合期待。我们在本书中选择了"真谛"(SINN)的译法。其出处是:在《浮士德》第一部中,浮士德从复活节市场上散步归来后将《约翰福音》的第一句翻译成了"太初有真"(Im Anfang war der Sinn)。从"道"在中文中的各种含义来看,只有这才是最为与之接近的翻译……
>
> 这里也对另一个反复出现的"德"字的翻译加以说明。必须指出,中文里对它的定义是"道生之,德蓄之长之"。因此我们借用《约翰福音》第一章第四节中所说的"生命在它(logos)里头,那生命就是人的光"将这个字译为生命(LEBEN)。[1]

---

[1] 卫礼贤译:《老子:道德经——老者的真谛与生命之书》,Jena: Diederichs, 1911, pp. XV-XVI。在 1928 年的文章《歌德与老子》(Goetbe und Laotse)里,卫礼贤又一次更为详细地论述了两人之间的关系——"生命"一词在此处包括了生命主义以及伦理上的含义:既指一种本源上的、不可战胜的生命力,又指"正确的生活"。因此,这一译法显得十分贴近具有多层含义的中文概念。

这涉及两个方面。一方面,卫礼贤采用归化翻译将中国文化欧洲化,将道家思想基督教化;另一方面,欧洲和基督教也同样经历了根本性的陌生化,以中国及道家的方式展示在世人面前。在译本中,这种中国化是以一种"中国式"的版面设计和印刷方式开始的,甚至于连编撰者和出版社的名字都被译成中文并用中国书法书写出来,而对德国读者来说则需要借助注解才能读懂。(参见图五)

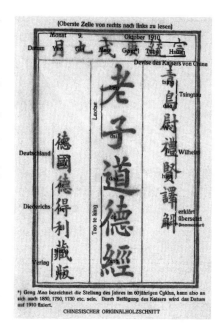

图五 卫礼贤德译本《道德经》1911 年版内的中文内封,上面覆盖着一层带有德语注解的透明纸张

而这种对熟悉事物的陌生化处理一直延续到文本的语言结构之中。耶稣《登山宝训》中对福祉的论述及训诫与译本中关于"无为"的训示如此相像并非出于偶然。在基督教的上帝形象背后,浮现出了一个没有形体的"道",在对"真谛"(道)的论述中出现了一种基督教神学的论述方式,但只是神子耶稣与上帝(先在)的关系刚好被颠倒过来:

我不知道，他是谁的儿子。他似乎在上帝之前就已存在。①

（第4章："吾不知谁之子，象帝之先。"）

像卫礼贤那样的传教士本应通过这样一座桥梁从欧洲抵达中国，在那里用一种与中国传统相包容的语言传播基督教的福音——可在卫礼贤的著作中，这座桥梁却开辟了一条生机勃勃的逆向车道。那条所谓殖民者的出口之路展现为了后殖民式的进口大道。于是，熟悉《圣经》的读者，比如年轻的布莱希特，就在卫礼贤的德译本中，在一种他们久已熟悉的语言中认识了《道德经》。

---

① 卫礼贤译：《老子：道德经——老者的真谛与生命之书》(*Laotse: Taoteking. Das Buch des Alten vom SINN und SEBEN*)，Düsseldorf, Köln, 1911, p. 6。

明月　诗歌　李太白

　　道家思想自古以来就是诗人的哲学。伊利亚斯·卡内蒂[①]说过:"道家学说一直吸引着我。它彰显变化,而又与印度及欧洲理想主义的道路相左。……它是诗人的宗教,即便诗人们自己并不知道。"[②]《道德经》开篇便写道:"道可道,非常道,名可名,非常名。"由此开始,道家经典就将诗歌视为道家玄学自然天成的,同时也是最为适当的表达方式并付诸实践——先是《道德经》中生动形象、常常合仄押韵,因而读起来像诗歌一样朗朗上口的警句,而后是道家经典《庄子》《列子》中的寓言和比喻。而从另一方面来看,属于伟大中国文学传统的、通常被人们认为是属于世俗的抒情诗,与哲学中的玄学思想、特别是和道家思想也常常有一种若即若离的关系——这里只举最为重要,也是迄今最为著名的例子——

---

① 伊利亚斯·卡内蒂(Elias Canetti),德语文学家,出生于奥地利,1938 年开始流亡英国,著名作品有《迷惘》等,1982 年获得诺贝尔文学奖。
② 伊利亚斯·卡内蒂(Elias Canetti):《众人之省》(*Die Provinz des Menschen*),Frankfurt/M.: Fischer,1976,pp. 279 - 280。

例如 8 世纪的天才诗人李太白(李白)那充满迷醉的月夜狂想曲和饮酒诗。李白的诗作与道家思维、表述之间所显示出来的相近性绝不仅仅是一种表面上的类似,实际上更是基于他们深厚的渊源。李白本人就是在道教圈子里成长起来的,成年后还接受了道箓,正式跻身于道士之列。欧洲的读者喜爱李白诗歌中那种迷醉的"存在主义盛宴(活在当下,及时行乐)"思想,从兴高采烈的自我升华一直到个体融入宇宙的幻觉体验:所有这些的根源都在老子"有为与顺其自然""自我坚持与自我放弃"的悖论中。

而将这神来之笔用德国表现主义生动形象、富于乐感、灵动柔滑的文学语言表达出来,则是下面这样一番景象:

春天里

如果人生只是心中梦境的影像——
又何苦去捶打自己苍白的额头?
我只想让自己每日狂饮迷醉,
然后在廊柱前酣醉沉睡。

我醒来,抬起眼帘,
一只鸟儿在盛开的花丛间歌唱。
我问它,我们这是生活在什么时代,

它回答：春天让鸟鸣清脆。

我心中感到震颤——眼泪将要奔涌，

这时我斟满酒杯，嘴唇啜吸。

我放声高歌，直到月光在蓝天中闪耀，

而我忘掉了明月，忘掉了歌声，也忘掉了李太白。①

　　这段文字来自诗人阿尔弗雷德·亨施克（Alfred Henschke），他生于 1890 年，笔名克拉朋特（Klabund），该笔名来自"Klabautermann"（海怪）和"Vagabund"（流浪汉）两个词的组合，他就是以这一笔名成为表现主义文学的领军人物之一。同时，他用引人入胜的优美语言天马行空地意译了李白等人的诗作，而老子最终也成为他翻译的对象。在 1915 年岛屿出版社为他出版的诗选《闷鼓醉锣》（*Dumpfe Trommel und berauschtes Gong*）中就已

---

①　克拉朋特：《八卷本作品集》（*Werke in acht Bänden*），克里斯蒂安·冯·齐默曼（Christian von Zimmermann）编，Heidelberg：Elfenbein，1998—2003，第 7 卷，第 39 页。
译者注：原诗为李白的《春日醉起言志》：

> 处世若大梦，胡为劳其生？
> 所以终日醉，颓然卧前楹。
> 觉来眄庭前，一鸟花间鸣。
> 借问此何时？春风语流莺。
> 感之欲叹息，对酒还自倾。

为再现德国表现主义的诗歌语言和翻译风格，译者在回译时特意采用了直译的方式。

经有一大批李太白的诗篇,①这部诗选加上紧接着在 1916 年出版
的诗集《李太白》(*Li-tai-pe*)②使作为翻译家的克拉朋特成为活跃
一时的畅销书作家。克拉朋特翻译时所依据的从来就不是中文原
文,而是早年间问世的德语和法语译本(这在其作品附录中都有说
明),同时克拉朋特也完全不是以汉学家的身份,而是以一位体察
入微、善于模仿原文风格的转译者身份出现,正因为如此,他为中
国诗歌所赢得的德国读者之多达到了无可匹敌的境地。正是由于
有了他的翻译,一代浸润于尼采思想的德国表现主义文学家才将
李太白视为自己的同时代人。正是因为有了这些诗篇,丹麦作家
雅各布·帕路丹(Jacob Paludan)才让小说《约尔根·施泰因》
(*Jørgen Stein*,1933)的主人公说道:"花费心血学习德语也是值得
的!"③也正是通过这些诗篇,克拉朋特在从未听说过"道"字的读
者们心中唤起了对"道"朦朦胧胧的理解。

---

① 克拉朋特:《闷鼓醉锣;由克拉朋特自由改译的中国战争诗》(*Dumpfe Trommel und berauschtes Gong. Nachdichtungen chinesischer Kriegslyrik von Klabund*),Leipzig:Insel,1915。

② 克拉朋特:《李太白;由克拉朋特自由改译》(*Li-tai-pe. Nachdichtungen von Klabund*),Leipzig:Insel,1916。关于克拉朋特对中国的接受参见潘许桂芬(Kuei-Fen Pan-Hsu):《中国文学对克拉朋特作品的意义——对其自由改译诗歌的产生及其在作品全集中地位的研究》(*Die Bedeutung der chinesischen Literatur in den Werken Klabunds. Eine Untersuchung zur Entstehung der Nachdichtungen und deren Stellung im Gesamtwerk*),Frankfurt/M.:Peter Lang,1990。

③ 参见克里斯蒂安·冯·齐默曼在其编辑的克拉朋特《八卷本作品集》(第 7 卷,第 244 页)上的评注。

《道德经》言简意赅,形象生动,这种语言与迷醉者李太白狂放的诗歌一样具有诗意的特征,这决定了欧洲人对《道德经》的接受从一开始就带有基督教阐释学(interpretatio christina)的影子。早在雷慕沙充满猜想的阐释中,人们就已经发现老子的箴言韵文中既有象形文字的晦涩符号又有闪烁智慧光芒的正反悖论,这种异国情调的文化传统是如此充满魅力,仿

图六　克拉朋特画像,Max Oppenheim（1885—1954）,作于 1920 年左右

佛为那个对正统(基督教)教义已经感到疲惫的欧洲昭示了新的通向成圣,甚至是通向拯救的道路。于是,从这个充满浪漫色彩的开端开始,在欧洲的老子接受史中,正统与非正统的解读、哲学与诗学的接受就如影随形、密不可分了。

在德语知识分子的圈子里,卫礼贤在汉学和文学方面的双重创举也掀起一场令前人黯然失色的"老子热",这一方面要归功于他卓有成效地颠覆了基督教和道家思想的可比性研究,另一方面则要归功于他在《圣经》和歌德的语言艺术之间取得巧妙平衡的诗歌创作能力。1915 年,南蒂罗尔诗人卡尔·达拉戈(Carl

Dallago）①出版了他的《道德经》译本；1910 年，马丁·布伯（Martin Buber）根据小翟理斯（Lionel Giles）1904 年的英文译本翻译并评注了《庄子》的部分内容，而被作为蓝本的这个英译本也不过仅仅只是众多英语译本中的一个。② 包括卡夫卡（Franz Kafka）、海德格尔（Martin Heidegger）、荣格（Carl Gustav Jung）、布洛赫（Ernst Bloch）、托勒尔（Ernst Toller）在内的一大批学者此时都开始了对道家学说的研究。赫尔曼·黑塞——对老子学说进行基督教式阐释的学者约翰纳斯·黑塞的儿子——在小说《悉达多》（*Siddartha*，1922）中将基督教、印度教、佛教和道教思想家形象与比喻熔于一炉，并让佛祖的门徒离开师门，最终来到一处可说与道家思想有千丝万缕联系的地方——奔流不息的河流边，从河水中领悟到了宇宙的奥妙，也认识了自我。1926 年，赫尔曼·黑塞在回首往事时写道：对于那一代被战火打破了内心平静、苦苦求索的德意志青年而言，除陀思妥耶夫斯基以外，再没有比老子学说影响更大的思潮了。③

随后，"老子热"在 1920 年达到了高潮。关于儒家和道家思想

---

① 原书注：此人能留名后世主要因为他是诗人特拉克尔（Georg Trakl）的朋友以及托马斯·曼（Thomas Mann）的批评者。参见法兰克福大点评版《托马斯·曼文集》（GKFA）中托马斯·曼：《散文卷 I：1893—1914》（*Essays I: 1893—1914. Kommentar*），Frankfurt/M.：Fischer，2002，p. 435。
② 参见他后记中的论文《道的学说》（*Die Lehre von Tao*），载马丁·布伯（Martin Buber）：《作品集》（*Werke*），第一卷，München，Heidelberg：Kösel，1962，pp. 1023–1051。
③ 引自齐默曼的点评，克拉朋特：《文集》，第 7 卷，第 265 页。

的最为重要的一部宗教社会学著作和两部风格迥异的《道德经》译本在这一年同时问世了。其中一个译本出自赫塔·费德曼（Hertha Federmann）笔下，由慕尼黑的贝克出版社出版。这部以英语著作和译本为基础的语文学著作有着浓郁的学术气息，为了让人们更好地理解老子思想，它还明白无误地援引了另外两部道家经典——《列子》《庄子》作为参照。① 与之截然相反，另一位天才的转译者则坚决地走上了一条充满诗意与直觉的非学术性道路，缔造出文学史上的辉煌篇章，这位倾注了全部澎湃激情的译者便是克拉朋特，他跨出了前无古人的一步，将"智慧的老者"推上了一个明确具有后基督教色彩的新宗教的创始人宝座。在这里，专业学者与民间学者（对道家）的接受、表现这一代人对集权主义的极度愤怒、语言上的暴力荟聚成为一种新的救世哲学。在这场转折所激荡的好奇人群中，有一位年轻的诗人诵读过李白诗作的德译本，并在那段日子中与克拉朋特结为好友。此人就是布莱希特。

---

① 《道德经——论精神和他的品德》(*Tao Teh King. Vom Geist und seiner Tugend*)，H.费德曼（H. Federmann）译，München：Beck，1920。

凝望天空　随波逐流

　　布莱希特在流亡斯文德堡岁月中构思的戏剧《高加索灰阑记》可以追溯到克拉朋特改写自中文的一部作品(《灰阑记》),差不多是在同一时刻,他写下了关于老子的叙事诗。① 实际上,早在1919 年至 1920 年,他就与中国诗歌发生了至关重要的几次早期接触,也是首次正面接触了被抬高为诗意的救世思想的道家学说——这都要拜克拉朋特所赐,是他在其德语诗集《李太白》的后记里将酒中仙人的诗句与神仙传说一起呈现在了世人面前:

　　　　作为永恒的醉汉,永恒的神圣浪子,他行迹遍及中国。有艺术修养的君王们将这位神圣的流浪者召唤到他们的宫廷里。……在一次泛舟夜游中,他从舟头落入水里,生命在酣醉

---

① 　原书注:克拉朋特根据李行道原著改编的戏剧《灰阑记》(*Der Kreidekreis*)出版于1925 年,1926 年布莱希特便在《兵就是兵》(*Mann ist Mann*)附录中对此作出了回应。在克拉朋特的影响下,布莱希特 1938 年开始创作戏剧《高加索灰阑记》(*Der kaukasische Kreidekreis*),1940 年创作了《奥格斯堡灰阑记》(*Augsburger Kreidekreis*)。

中逝去。传说中，他被一只江豚所救，在天空中一班天使般精灵的呵护下，江豚将他一直送入大海，抵达了长生不老的仙境。①

而作为一种前言，克拉朋特还将源自另一位伟大诗人的两段诗作放在了《李太白》开篇之处，将"永恒的神圣浪子"形象、诗篇、宇宙之力以及"道"本身熔于一炉，在一幅道家风格的写意画中呈现出仿佛上帝般的形象——来自天上的永恒的"雨滴"，他的诗句看似柔弱，却胜过了一切帝王、纷争与战火：

杜甫赠李太白

人们称你为永不枯竭的雨滴，

仿佛来自天上——

在你诗句的轰鸣前，

武士的长矛崩裂，皇帝的帝国瓦解。

你如日中天，傲视我们，

你如电闪雷鸣，撕裂云层。

---

① 克拉朋特：《文集》，第 8 卷，第 229—230 页。

你让诗句如泪水般洒下——

仙人在月色中将它诵读，

微笑、哭泣、赞叹：是神，将这诗章成就。①

　　早在 1918 年 11 月，当世界历史处于转折关头的时候，②克拉朋特便已将自己称作道家的门徒。③ 翌年，他在给志同道合的友人赫尔曼·黑塞的一封信中将《道德经》称为一本"当前世界亟需"的书。④也是在同一年，他在《革命者》（ *Der Revolutionär* ）杂志上发表了《请听，德国人！》（ *Hör' es Deutscher* ! ），文中呼吁道："在未来，你们应当按照神圣的道家思想所宣告的方式去生活……"这场政治及社会变革应当开始为一场"心灵的革命"——应当如水一般柔软，如无为思想一般顺从："柔软的心灵可以战胜最强硬的统治。"⑤

　　在创作于同一时期的诗集《三声》（ *Dreiklang* ）中，克拉朋特不仅将老子从诗人、哲学家抬高为宗教创始人，而且正式将他拔高为

---

① 克拉朋特：《文集》，第 7 卷，第 265 页。译者注：杜甫曾写有多首诗歌赠予李白或用以缅怀李白，克拉朋特这首诗可能化自杜甫的《寄李十二白二十韵》，该诗最有名的是前四句，在克拉朋特的诗中依稀可以辨认出相似的表达："昔年有狂客，号尔谪仙人。笔落惊风雨，诗成泣鬼神。"
② 译者注：1918 年 11 月 8 日，德国皇帝威廉二世退位。11 月 9 日，第一次世界大战以英法美等协约国的胜利和德奥等同盟国的彻底失败而最终结束。
③④ 载一封私人信件。转引自齐默曼的点评，克拉朋特：《文集》，第 7 卷，第 263 页。
⑤ 克拉朋特：《文集》，第 8 卷，第 229—230 页。

基督式的救世主形象。在这部诗集中，克拉朋特一字不差地沿袭
了对《道德经》的犹太—基督教式解读传统。这种解读尽管自阿
贝尔·雷慕沙发表第一个《道德经》译本以来便从未被完全遗忘，
并一度通过维克多·冯·施特劳斯的译本再次获得新生，然而在
现在这样一个已然具有如此浓烈"后基督教时代"氛围的现代社
会里，它却带着令人震惊的强烈情感和人类初始时那种无与伦比
的天真质朴，爆发出了"神圣的三声"：

　　夷-希-微：

　　　　这是耶和华

　　夷-希-微：

　　　　这是神圣的三位一体：圣父、圣子和圣灵。①

　　然而与这里所援引的传统接受模式截然相反，克拉朋特而今
将老一套的基督教式解读改造成了一种显然具有后基督教时代色
彩的宗教融合，而这种宗教融合俨然超越了所有基督教教义：

　　　　上帝所化身的神人、人神、人也是三位：

---

① 　克拉朋特：《文集》，第4.1卷，第424页。"夷-希-微"还是这部诗集中整整一个章
节的标题（《文集》，第4.1卷，第410—437页）。

印度人佛陀

犹太人耶稣

中国人老子

其中居于首位的是老子。①

这就仿佛耶稣门徒保罗所言："如今常存的有信,有望,有爱这三样,其中最大的是爱。"(《哥林多前书》第 13 章第 13 节)照克拉朋特看来,在归功于那位被他如此顶礼膜拜的"神人"的教义中,再没有什么比"无为"更为重要了,那是"柔弱的力量",是上帝的力量,是柔弱包裹下的强人力量:

我们想要施行无为。

行动——但不实施任何行为。②

克拉朋特版的"道家圣经"建立在对卫礼贤译本的自由加工之上,"无为"也在其中居于核心地位。该版本 1920 年出版于柏林,题

---

① 载于一封私人信件。转引自齐默曼的点评,克拉朋特:《文集》,第 7 卷,第 263 页。作品下一段又将这一排列解释为仅仅是因为时间顺序:"他在老子身上第一次见到:自己。/然后是佛陀。/然后是耶稣。"

② 克拉朋特:《文集》,第 4.1 卷,第 412 页。译者注:克拉朋特的德语译文为 Wir wollen tun die Un-tat. Handeln-ohne Handlung。此句"译文"对应的是《道德经》第 63 章中的"为无为,事无事"。

为《人啊，回归本质吧！老子，格言》(*Mensch / werde wesentlich. Laotse. Sprüche*)，这一标题影射了安格鲁斯·西里西尤斯 (Angelus Silesius) 的天主教—巴洛克式神秘主义。这位自由改译者也并未忘记在《后记》中将老子在出关路上著《道德经》的传奇故事重新演绎一番。[①] 得益于大众对老子的好奇，同时一定程度上也得益于诗集《李太白》的畅销，这个译本在 1921 年就已再版，1922 年，第三版也随即问世。

正是在这部作品问世、出版的岁月里，年轻的布莱希特与克拉朋特结识了。如果人们以克拉朋特的诗歌与译作为背景，重温一遍布莱希特在那段岁月中创作的诗歌，便会看出二者在思想上的相近性，它远远超乎我们对这位绝对更为清醒、更为冷静、更具有讽刺性的作者的期待。出自他笔下的一些诗歌，只需稍加润色，便俨然与道家模式一脉相承：无论是超越自我融入大自然的思想，还是对流水意象的运用，都贯穿了他那段岁月里生机勃勃的表现主义诗歌。

这种亲和性在其诗集《家庭祈祷书》(*Hauspostille*) 中表现得尤为淋漓尽致。近年，研究者对其进行了富于启发性的重新审读，尤其就布莱希特对待宗教时的矛盾心理进行了多层面的分析。其中最重要的观点是：布莱希特并非"如其反复声称的那样"，仅仅

---

① 　克拉朋特：《文集》，第 7 卷，第 162 页。

只是"讽刺性地模仿了"(parodiert)基督教传统的文本形式,而是以一种非常离经叛道的方式进行了"转写"①。从字面意义上来讲,Parodien(讽刺性模仿/戏仿)一词是"对抗之歌"(Par-odien)的转义,但并不意味着单纯驳斥性的嘲讽。布莱希特的这些诗歌一再以基督教思想和语言模式为蓝本,但同时又与它们有着明显差异,它们总是围绕着一个问题:人如何与宇宙合为一体,宇宙的真实状态则被描绘为无法穷尽的源头,也没有尽头的奔流大川。

"您的灵魂就像水一样。"②在布莱希特的戏剧《巴尔》中,一位神职人员对巴尔这样说道。这个比喻绝非信手拈来。话锋所指的巴尔在河边生活了很长一段时间,他将世界的本质理解为水一般的奔流,而"自我"则应汇入其中。这个世界的基本物质默默无闻地完成了对生者与死者的拯救,它将一切都送入包容生与死的洪流中。死者不再得以复活(这段文字中的一元世界根本不再区分此岸与彼岸),但是另外有一些东西占据了这个信仰篇章中的空缺:融入世界整体本身。正如巴尔在河边为溺死的少女所唱

---

① 迪尔克·冯·彼得斯多夫(Dirk von Petersdorff):《现代派的离心力——论20世纪早期诗歌中的自我建构》(*Fliehkräfte der Moderne. Zur Ich-Konstitution in der Lyrik des frühen 20. Jahrhunderts*),Tübingen:Niemeyer,2005,p. 152;参见汉斯–哈拉德·穆勒(Hans-Harald Müller)、汤姆·金德(Tom Kindt):《布莱希特的早期诗歌——布莱希特,上帝,自然和爱》(*Brechts frühe Lyrik-Brecht, Gott, die Natur und die Liebe*),München:Fink,2002,p. 103。

② 该句出自《巴尔》(*Baal*)1919年版本,GBA 1,第55页。

的那首歌：

> 当她溺亡在水中，随波浮沉
>
> 从小溪流入大河
>
> 天空中的乳白色显得格外美妙
>
> 就像他要劝慰这具腐肉。
>
> ……
>
> 当她苍白的腐肉在水中腐坏
>
> 正在（极慢极慢）发生的，是上帝逐渐将她遗忘，
>
> 先是她的脸，然后是双手，最后是她的毛发。
>
> 然后她变成奔流中的腐肉，与许多腐肉一道。①

　　这个场景与那一代人所理解的道家精神十分近似，其标志是流水意象与在水中的自我消融这一带有转义的组合。其实最后一行诗句根本就无须去刻画溺死者如何变成毫无特征的腐肉、只剩下它的腐烂还能为人觉察。但只有明确地将逝者变为腐肉的地方定位于"奔流中"（虽然在小溪和大河出现之后，大海原本才是更

---

① 《被淹死的女孩》（*Vom ertrunkenen Mädchen*）第一节和最后一节，大约 1919 年写成，首次发表于 1922 年（GBA 11，第 109 页）；参见汉斯-哈拉德·穆勒（Hans-Harald Müller）、汤姆·金德（Tom Kindt）：《布莱希特的早期诗歌》，第 57 页，又见克里斯蒂娜·阿伦特（Christine Arendt）：《布莱希特早期诗歌中的自然与爱》（*Natur und Liebe in der frühen Lyrik Brechts*），Frankfurt/M.：Peter Lang，2001，pp. 75 - 80。

为可能的地点,但却完全没有进入诗作的视野),诗篇才可借此与逝者此刻所融入的"奔流"意象联系起来。于是便有了这句"她变成奔流中的腐肉,与许多腐肉一道"。

这也适用于活着的人,原则上讲并没有什么差异,只要他们愿意。他们虽然还被束缚在一个独立的本我界限之内,但同样可以分享这样一种消融(于世界)的体验,比如在《遨游于河流与大海》(*Schwimmen in Flüssen und Seen*)一诗中,同样也是通过提及上帝概念从而与众人所熟知的宗教视野建立起了关联,并在其中获得了实现。而这里唯一要做到的便是放弃作为:先决条件就是无为,就是随波逐浪。标题中所宣告的"遨游",其奥妙恰恰就在于"不游"。谁照此施为,流水便会像慈母一样将他背负起来:

> 当然,人必须平躺下来,
>
> 像习以为常的那样。随波逐浪。
>
> 不必游动,不,只需那样去做,
>
> 仿佛你就是鹅卵石中的一员。
>
> ……
>
> 人应当凝望天空,仿佛
>
> 由一位妇女所背负,如此便好。
>
> 完全无须耗费精力,就像亲爱的上帝

如果傍晚时他还在条条河流中畅游。①

恰如迪尔克·冯·彼得斯多夫(Dirk von Petersdorff)在分析这首诗时所敏锐洞察的那样,此处与标题对立,"在地点上"出现了令人惊讶的"从湖泊向运动中河流的转移"。关键之处同样也不仅仅在于将水作为退化经历的展台,而是运动中的软弱的水。天空又一次"被称为融合经验的参照点",一位实实在在人格化的上帝的登场"将戏谑带入了游戏",基督教的思想遭到了戏仿。但"这种戏谑具有两面性:它既否定了所说的,但也提供了一种可能性,将那些过于亲近以致无法说清的东西表述出来。它表达了一种对神的理念——畅游在河流中的神,而这恰恰是作者完全认真对待的东西:人们在自然怀抱中可以获得体验,从而打开一扇通向形而上学的大门"。② 如果给这个神加上个时髦的名字,那么叫他"道"也许是最合适不过了。

这些诗歌与克拉朋特的《三声》一样诞生于1919年,但两者之间或许并无直接联系。它虽然只是从在神的河流中随波逐浪这样一种生命玄学转向老子以"水"为中心的神秘主义和无为理论的

① 《遨游于河流与大海》(*Vom Schwimmen in Flüssen und Seen*)中的第四节和最后一节,GBA 11,第73页;该诗写于1919年,发表于1921年。
② 迪尔克·冯·彼得斯多夫(Dirk von Petersdorff):《现代派的离心力——论20世纪早期诗歌中的自我建构》,第155页。该书中提到:著名文论家图霍尔斯基(Kurt Tucholsky)在评论这首诗时也指向了相同的解读方向。

一小步,但却已经可以让人揣摩到一点道家思想方面的知识。这段诗中的"生命一元论"①所阐发的东西,实际上正是那位"坚定的一元论者"②老子以其诗意的画卷所暗示的。

而实际上早在了解这些概念和真正与老子发生接触之前,布莱希特就已经谙熟于道家思想。在阅读克拉朋特所译李白诗歌的基础上,布莱希特在1919年还写有一首即兴诗,他以一种游戏的方式模仿了中国诗歌的套路。若让克拉朋特看来,这里所表现的与其说是道家诗人的迷醉,倒不如说是《巴尔》主人公那种无视道德的激情:

李太白能用七十种语言说话。

地狱里的七十个魔鬼也不能将他诱惑。

李太白能用七十种语言祈祷。

李太白能用七十种语言诅咒。③

---

① 迪尔克·冯·彼得斯多夫(Dirk von Petersdorff):《现代派的离心力——论20世纪早期诗歌中的自我建构》,第155页。

② 卫礼贤:《老子:道德经——老者的真谛与生命之书》,《导言》,1972年,第34页。

③ 引自汉斯·奥拓·明斯特勒(Hans Otto Münsterer):《回忆1917—1922年的贝尔特·布莱希特》(*Bert Brecht. Erinnerungen aus den Jahren 1917—1922*),Zürich:Arche,1963,p. 100;参见谭渊:《德国文学中的中国——以席勒、德布林、布莱希特作品中的中国人形象为重点》,第196页。布莱希特在此处所使用的称谓"李太白"(Litaipee)源于克拉朋特1915—1916年发表的两部译自中文的诗集:《钝锣醉鼓》和《李太白》(*Li-tai-pe*)。布莱希特在"*Li-tai-pe*"后又加上一个"e"应该是出于发音方面的考虑,从而使诗句出现一种激昂的重读(gesteigerte Emphase)。

　　若以为首次闪耀在这里的火花不过只是布莱希特浮光掠影的印象,那未免就大错特错了,它此后将显示出惊人的耐久性。恰如被尊为老师的老子一样,这位狂野的李太白也将一再重返布莱希特的流亡诗歌——他也被视为注定要走上流亡道路的一位。那首诗中写道:"李白和杜甫在内乱中流离失所",而后,流亡者的名单从维农延伸到海涅,最后一直延伸到诗人自己:"还有那布莱希特/也逃到了丹麦的草堂下。"①

　　但这首 1934 年写下的《诗人的流亡》后来并没有被收录于《斯文德堡诗集》,取代它位置的是《对被流放诗人的访问》,在那里,李白被他的伙伴兼崇拜者杜甫所代替。在《斯文德堡诗集》中,叙事诗《老子》被放在了分卷《历代志》(Chroniken)下,这一卷名出自布莱希特的早期著作《家庭祈祷书》,其引人注目之处在于它对《圣经》表述方式的模仿。而《家庭祈祷书》中的志略诗本身便已带有一种天生的道家诗歌特质,就差用"老子"来为诗作中所演绎的东西进行冠名了。布莱希特万事俱备,只缺与老子本尊的相遇了。

---

① 　布莱希特:《中国戏剧艺术中的间离效果》(*Verfremdungseffekte in der chinesischen Schauspielkunst*),GBA 14,第 256 页。

对秩序的恐惧

对于拯救之道的渴望——无论是反基督教式的还是后基督教式的——都早已不再仅仅局限于一般化的人生思考和人生哲学范畴。随着 1918 年"十一月革命"的爆发以及后续事件的发生，德国的"道家"也被卷入了波及面广泛的政治论争风暴。

1920 年 2 月，心灵的革命者克拉朋特被迫再一次公开阐明自己的立场。面对他人在佛朗茨·普费穆费尔特（Franz Pfemfert）的表现主义文学杂志《行动》（*Die Aktion*）上所发起的挑衅，克拉朋特在《革命者》杂志上予以回应。于是乎，他狂热的道家信仰对其世界观、政治观的统领地位在此展现无遗：

> 如您所知，我是道家门徒（Taoist）。充满阶级斗争思想、恐怖与独裁的世界与我无缘。我并不相信会有一个社会主义的世界，但是我相信社会主义的经济学说。尽管我对革命的工人阶级抱有极大同情，但是我向往灵魂的革命，至少自己相

信自己是个心灵的革命者。①

成为道家的门徒，意味着拒绝将阶级斗争、恐怖、独裁作为社会变革的手段，而这又恰恰源自他对革命工人阶级的同情。追随老子，意味着只是将社会主义作为一种经济秩序而非世界秩序来看待。在革命失败后的头几年里，在文学上的老子热正处高潮之际，这样一种思想并非诗人克拉朋特一人所独有。在《革命者》杂志上的这篇文章发表半年多以后，他的新朋友也在内心最深处认同了这一点。

1920 年 9 月 12 日，布莱希特在柏林听取了《世界舞台》（Weltbühne）杂志编辑阿尔方斯·哥尔斯密（Alfons Goldschmidt）的报告，他是布尔什维克革命的公开拥护者。当晚报告的主题是《苏维埃俄国的经济组织》。② 在日记中，充满好奇心的布莱希特记下了他作为听众的收获：

① 《普费穆菲尔特反对克拉朋特》（Pfemfert contra Klabund），载《革命者》（Der Revolutionär）1920 年 2 月，第 26—29 页。转引自齐默曼的点评，克拉朋特：《文集》，第 7 卷，第 264 页。关于此话的背景参见克里斯蒂安·冯·齐默曼（Christian von Zimmermann）：《海怪与流浪汉——克拉朋特（1890—1923）生平与著作概览；室内展导游页》（Klabautermann und Vagabund. Eine Einführung in Leben und Werke Klabunds (1890—1923). Begleitheft zur Kabinett-Ausstellung），Lübeck：Buddenbrookhaus, 2000, p. 13，p. 16。
② 这一报告后来由罗沃尔特（Rowohlt）出版社付印：《苏维埃俄国的经济组织》（Die Wirtschaftsorganisation Sowjet-Rußlands），Berlin：Rowohlt, 1920。在同一年，哥尔斯密还出版了他的"日记页"《莫斯科 1920》（Moskau 1920）以及在"苏维埃教科书"丛书中出版了纲领性的《工人和职员如何阅读收支表》（Wie lesen Arbeiter und Angestellte eine Bilanz）。

满口都是联合会、控制体系之类的抽象玩意儿。我一会儿就跑掉了。令我感到恐惧的并不是那里实实在在存在的混乱状态，而是实实在在建立起来的社会秩序。我现在十分抵触布尔什维克主义：普遍义务兵役制、生活物资配给制、检查制度、行贿受贿、任人唯亲。此外，在最幸运的情况下：搞平衡、千篇一律、妥协绥靖。能吃上水果就得感恩戴德，要有辆车就得求爹告娘。①

几天后，布莱希特在 1920 年 9 月 16—21 日的日记中记录下了他与柏林的记者朋友、也是招待他做客的东道主佛兰克·华绍尔（Frank Warschauer）②之间的一次对话。日记中，进步思想与道家思想之间的对立被推向极致，以极为简洁的语言跃然纸上。关于华绍尔，布莱希特在此处写道："他怀有太多的目标，他为所有的关系都赋予了意义，他相信进步。"此后他又补充道：

然而他给我看了老子的书，老子与我契合得如此丝丝入

---

① GBA 26，第 163 页。
② 译者注：华绍尔为布莱希特好友，于 1892 年出生于德国达姆斯塔特（Darmstadt），曾在布莱希特初到柏林时为他提供寓所，1933 年纳粹掌权后流亡布拉格，1939 年流亡荷兰。

扣,以至于他惊讶不已。①

不要目标,不要意义,不要进步——却要老子。这段日记中值
得注意的不仅是作者那种理所当然、不言自明的口气——与其说
是描述了一种新的认识,不如说是对已有观点重新进行了确认,只
不过他对这种观点如何冠名尚一无所知。同样值得注意的是在布
莱希特自信满满的笔下他自己和"智慧老者"的先后顺序关系。
正如安徒生(Hans Christian Andersen)在魏玛的歌德、席勒像揭幕
后在日记中写到的那样——"席勒像我"(而并非作为后来者的安
徒生像席勒),布莱希特也写道:"老子与我契合。"

不过,最值得注意的是,无论是狂热的克拉朋特还是犹犹豫豫
的布莱希特,在评价社会主义历史哲学和由此产生的暴力革命问
题上,都恰恰是相当一致,而这两位又都是坚决反对资产阶级的诗
人。对克拉朋特而言,宣称自己是"道家门徒",那就意味着"充满
阶级斗争思想、恐怖与独裁的世界与我无缘",与之相似,布莱希特
拒斥朋友的"进步"观念后,紧接着的便是对老子的认同。而且两
位都言及信仰问题——布莱希特谈到华绍尔时说他"相信进步";
克拉朋特则宣称他"不相信会有一个社会主义的世界"。布莱希

①　GBA 26,第168页。在1920年这篇日记之后有段笔记,上面有一次共同旅行的目
的地及可能是代表布莱希特借出《道德经》德译本的文字:"给华绍尔:巴登+老子。"

特与克拉朋特之间的一致性以及他们两人与老子的契合意味着：相同的政治结论绝不仅仅是一种共同的形而上学观点的伴生现象。这揭示出"老子"的名字在那一时代究竟意味着什么。

将政治方面、社会方面的有序和无序观念与老子及道家思想结合起来，这绝不仅仅只是两位文学界朋友的个人想法。它也是基础性社会科学研究的目标，其成果恰在同一时间刊行于世。当克拉朋特在柏林将道家学说作为新的宗教拯救之道加以宣讲时，当布莱希特与"李太白"和老子相遇时，社会学家韦伯已经在海德堡潜心于对儒家和道家思想的比较性研究了。而今回头看来，韦伯的著作就像是同时代人对此处重构的话语史及知识分子运动所进行的点评——保持了分析者所应有的距离，然而又下意识地如此贴近于时代风云，以至于其中放射出的光芒昭示出时代精神的运动，这种时代精神可以在卫礼贤身上找到，可以在克拉朋特身上找到，也可以在布莱希特身上找到，而最终同样可以在韦伯自己身上找到。

从1913年开始，韦伯在他的"世界宗教的经济伦理"课题框架下展开了对儒教与道教的研究。在战争年代和战后岁月中，研究几经中断又几经补充和修订，在完成对佛教和印度教的同类研究后，1920年，韦伯以专著形式出版了他的研究成果。正是在这一年，克拉朋特将他用表现主义文学语言转译的道家著作当作新的福音书加以传扬，布莱希特在他的朋友华绍尔那里读到了《道德经》。① 韦伯明确指出，他不打算将"半神话的人物"老子作为哲学家加以考量，而是要考量其在社会学上的地位和影响。② 然而在他著作正文第一页上的一长段注释中，韦伯在回顾了从施特劳斯到卫礼贤的翻译史后写道："近来，对道家的研究已经近乎时尚。"③在一处脚注中，韦伯又特意补充道，很遗憾，老子已经成为"今天人们口中的时尚哲学家"。

尽管韦伯自己坚决地与"时尚"保持距离，然而他的研究却与时代精神相去不远，而他的研究也正是源于时代精神。韦伯宗教社会学的视角在一定程度上有拨云见日的功效，使人们得以洞悉远东的耆宿为何会对那一时代的德国知识分子产生如此强大的吸引力，同时也使二者之间的亲和性得到初步分析。而有些段落读起来就像是对发生在克拉朋特和布莱希特身上的事情所进行的系统解释，值得我们加以关注。

---

① 马克斯·韦伯（Max Weber）：《世界宗教的经济伦理：儒教与道教（1915—1920 年的著作）》（ *Die Wirtschaftsethik der Weltreligionen. Konruzianismus und Taoismus. Schriften 1915—1920*），施寒微（Helwig Schmidt-Glintzer）主编，《马克斯·韦伯据本文集》（ *Max-Weber-Studienausgabe*），第 I/19 卷，Tübingen：Mohr，1991。关于成书过程参见编者在《后记》中的论述。
② 同上书，第 160 页。本章中的译文参见马克斯·韦伯：《儒教与道教》，王容芬译，商务印书馆 2004 年版。
③ 同上书，第 27 页。

图七　马克斯·韦伯肖像，作者
Maric Davids（1817—1905），
创作时间不详

韦伯书中贯穿着"儒家的处世之道"①与道家学说之间不断增强的对比。恰恰由于两者在起源和基本特征上如出一辙，所以两者干脆都被视为在伦理上、政治上处于对立的"正统和异端"②立场。"基本范畴'道'是这两个学派，或者说所有中国思想长期以来所共有的，这也是后来作为异端的'道家'同儒家的分水岭"。不仅如此，"'道'从根本上讲是一个正统的儒家思想概念：宇宙的永恒秩序，同时是宇宙的发展本身"。③ 只有儒家思想从宇宙秩序的概念中衍生出了社会实践的原则，这种原则完全以家族和政权结构的稳定为指向，从而奠定了"中国人文主义行政管理技术的特征"。④ 在第5章中，韦伯将人文主义技术员的定位和作用

① 　马克斯·韦伯：《世界宗教的经济伦理：儒教与道教（1915—1920 年的著作）》，第6 章标题。
② 　同上书，第7 章标题。
③ 　同上书，第161 页。
④ 　同上书，第111 页。

用一个概念进行了归纳："士人阶层"，[①]他将其作为该章的醒目标题来进一步加以强调，并同时在这一章中开始了对儒道对立局面的呈现。第一位描写老子出关"传奇"的司马迁正是士人阶层中的一员，他以一种既充满敬意又同样充满同情的眼光注视着这位道家的流亡者。[②]

道家的分道扬镳，使之从那个委身于现世、投身于政权的统治阶层中分离出来，走向追求无论风风雨雨都永不磨灭的存在。韦伯在描述了老子个人的"传奇"之后，为渲染其影响，他还特意加上了这样一句：[③]老子在会见了他的伙伴孔子之后，一个人重新踏上了"神秘主义者对神的典型追求"。[④] 他对道的本质——"神圣的唯一"的追问有力地超越了现存的道德规范和社会秩序。答案只有在"神秘的合一"（unio mystica）状态下，即心如止水的忘我状态（tatenlose Hingabe）和心外无物的心醉神迷（*apathische* Ekstase）中才能找到，"这是道家所特有的，或许就是老子创造出来的"。[⑤] 与作为国家支柱的士人阶层截然不同，道家

---

① 马克斯·韦伯：《世界宗教的经济伦理：儒教与道教（1915—1920 年的著作）》，第111 页。
② 同上书，第 152—153 页。
③ 同上书，第 160 页，注解 II。
④ 同上书，第 162 页。
⑤ 同上。

所追求的是一种"严格的个人主义的自我解脱"。①

当儒家投身于国家和社会生活,致力于匡扶人类世界正义时,道家则努力"使本我绝对脱离人世间的纷纷扰扰、喜怒哀乐,直至达到完全的无为状态",即"无为"(韦伯本人在此处还特意加注了"Wu-wei"字样),最终他们达到"完全摆脱(作为一种宗教得救之源的)世俗文化"。② 现在,儒道之间不仅存在着世界观表达上的不同,更有政治思想上的正统与异端之分。通过研究道家的案例,韦伯认识到"神秘主义对政治理想的影响"。在儒家的学说和实践中,可以看到这一方"倾向于理性地由官员治理的福利国家的中央集权制",这一立场正属于韦伯当时一再强调的"理性主义文士"的特征。而另一方(道家)则"要求各地区尽可能地自治和自给自足,从而实现小国寡民……于是便有了这个口号:官僚越少越好"。③

布莱希特有一段时间曾在他的书房里悬挂了一幅孔子的画像,④以表达他对这位追求社会公正的人文主义者的敬仰。还是这个布莱希特,他在韦伯著作面世的那一年正实践着道家的理

① 马克斯·韦伯:《世界宗教的经济伦理:儒教与道教(1915—1920年的著作)》,第163页。
② 同上。
③ 同上。
④ 安东尼·泰特娄:《恶的面具——布莱希特对中国和日本诗歌、戏剧、思想的反应;比较与批判性评估》,第404页。

想,反对着苏联的统治体系,反对着"联合会、控制体系"下令人生畏的秩序,反对着"检查制度……千篇一律、妥协绥靖",而像那位勇敢的宣传家哥尔斯密一样的"理性主义文士们"正努力想让他相信苏联的政治理想。反观韦伯的研究,"道家"被塑造为儒家统治下的政治秩序系统的对立面,这场反向运动的核心实际上已不再是什么"旨在把握和调整现实生活的社会伦理",而简直是"原则上不问政治的萌芽"了,①如此一来,韦伯所举的古代例证恰好可以运用来印证德语知识分子1913—1920年间的境遇,就好似他在同一时间完成的论著并非仅仅是要描写古代中国久已远去的一场纷争,而是想同时将布莱希特、克拉朋特(以及这位新兴"时尚哲学家"的其他追随者)的反向运动都囊括其中,二者是如此天衣无缝,以至于其中一些篇章看上去就像是处心积虑为此而写成的评论。②

从此,韦伯在其宗教社会学研究中所勾勒的儒家与道家的矛盾对立关系便运动于布莱希特的思想中(布莱希特本人对这一研究知之甚少,就像反过来韦伯对他的了解一样)。这一研究尤其使布莱希特的道家研究与其对儒家兴趣之间的关系得以变得清晰明

---

① 马克斯·韦伯:《世界宗教的经济伦理:儒教与道教(1915—1920年的著作)》,第163—164页。
② 原书注:新的汉学研究批评韦伯将中国描绘为陷入僵化的儒家社会系统是欧洲关于中国的刻板印象的翻版。尽管如此,就我看来,韦伯从类型学角度将儒家的"正统"治国思想与道家"异端"的颠覆性思想对立起来,这仍是难以推翻的。

了。在很长时间里，两个"中国传统"在他的作品里构成了持续的对立；后来又慢慢补充进了墨家，即墨子（墨翟）的学说，那种很容易与社会主义构想联系起来的社会伦理学正好在前两者间扮演居间调停的角色。在探索儒家的国家威信思想方面，布莱希特在《措施》《四川好人》等作品中不断地探讨着他自己在革命之前及革命之后与各种社会秩序以及"控制体系"的关系，其评价也反复变化。相反，对他而言，道家则很好地结合了生命主义、形而上学——自然神秘主义的主题以及"原则上不问政治"的应许与诱惑（其评价同样也反复多变），他从早期作品一直到流亡时期一贯的写作风格也与之融合起来。对于一个长期稳定地信仰着马克思主义的人而言，这是个意味深长的信号。

不过，1920 年 9 月，这一切还无从谈起。但恰恰就在他和华绍尔谈话之前的那几天里，他还遇到了另一位诗人。这位诗人向他展示了如何从老子的学说中提炼出严格意义上的现代诗歌，而这正是他此刻所欠缺的。

德布林与柏林之"道"

在他从哥尔斯密关于苏俄的报告会上逃走并在老子那里找到志同道合者的这个月中,布莱希特用短短几天时间阅读了一部小说,一部属于表现主义文学先锋派大胆尝试的小说:阿尔弗雷德·德布林的《王伦三跃》(于 1912—1913 年写成,1915 年发表)。[①] 在这两位德国知识分子之间似乎有着一个同样适用于这里的秘密约定,即从标题就开始谈论无为的教义以及水的流动。但现在道家学说不再仅仅只是作为一个主题,它也被描述成一种新诗学中的准则。德布林的小说从第一页开始便被策划成一部道家作品,这一目标使之成为一次先锋派的文学试验。德布林的《王伦三跃》是一次颇具划时代意义的尝试,它试图将道家思想原则运

---

① 阿尔弗雷德·德布林(Alfred Döblin):《王伦三跃,中国小说》(*Die drei Sprünge des Wang-lun. Chinesischer Roman*),München:DTV,1989。小说首次发表于 1915 年,本处引自其文集的单卷本。布莱希特是通过阅读作品《瓦茨科与蒸汽涡轮的斗争》(*Wadzeks Kampf mit der Dampfturbine*)对小说家德布林产生了关注,他曾在日记中将这部小说和《王伦三跃》并提。参见维尔纳·赫希特(Werner Hecht):《布莱希特年谱 1898—1956》,*Brecht-Chronik 1898 - 1956*,Frankfurt/M.:Suhrkamp,1997,p. 100。

用在一种新型的叙事艺术中,因此成为"文学领域里的中国接受史里程碑"①以及表现主义叙事文学中的杰出范例。② 在这里,首次"有一位德国作家在文学领域成功地对道家学说进行了深入探究",不仅站在了汉学知识的最前沿,也创造出了活力空前的叙事风格。③

1920 年 9 月 15 日,正值听完哥尔斯密的报告后三天,到华绍尔家作客的前一天,布莱希特读到了这本书。事实上,"布莱希特刚一读完《王伦三跃》,便开始沉浸在那本书所展现的道家哲学

① 谭渊:《德国文学中的中国人——以席勒、德布林、布莱希特作品中的中国人形象为重点》,第 79 页。关于这部小说对布莱希特的"中国戏剧"《四川好人》的意义,参见 O. 杜拉尼(O. Durrani):《沈德、隋达和〈王伦三跃〉》(*Shen Te, Shui Ta, and »Die drei Sprünge des Wang-lun«*),载《牛津德国研究》(*Oxford German Studies*)1981 年第 12 卷,第 111—121 页,此处参见第 116—121 页。此外参见马佳(Jia Ma):《德布林与中国——德布林在〈王伦三跃〉中对中国思想、文学表现手段的吸收》(*Döblin und China. Untersuchung zu Döblins Rezeption des chinesischen Denkens und seiner literarischen Darstellung Chinas in »Die drei Sprünge des Wang-lun«*),Frankfurt/M. Peter Lang,1993 以及安科·德特肯(Anke Detken):《在中国和布莱希特之间:德布林〈王伦三跃〉中的面具和陌生化形式》(*Zwischen China und Brecht: Masken und Formen der Verfremdung in Döblins »Die drei Sprünge des Wang-lun«*),载斯特芬·戴维斯(Steffan Davies)、厄内斯特·勋菲尔德(Ernest Schonfield)编:《超越亚历山大广场》(*Beyond the Alexanderplatz*),Berlin:de Gruyter,2008。
② 参见瓦尔特·穆施克(Walter Muschg):《编者后记》(*Nachwort des Herausgebers*),载德布林(Alfred Döblin):《王伦三跃》,第 481—502 页。这部小说同时被称为"第一部德语现代小说",见瓦尔特·法尔克(Walter Falk)一篇论文的标题,原文刊登在《德语语言文学杂志》(*Zeitschrift für deutsche Philologie*)1970 年第 89 期,第 510—531 页。
③ 谭渊:《德国文学中的中国人——以席勒、德布林、布莱希特作品中的中国人形象为重点》,第 79 页。汉学家舒斯特(Ingrid Schuster)认为:"在从中国获得思维方式和创作灵感方面,小说也标志着一个重要发展。"舒斯特:《德语文学中的中国和日本 1890—1925》(*China und Japan in der deutschen Literatur 1890–1925*),Bern,München:Francke,1977,p. 168。

中,到了完全认同王伦的精神导师——老子教诲的程度"。① 他将
自己面对这本书时的激动心情记录在日记中,并且加上了一条注
释,将主题和写作方法二者统一在一个公式之下:

> 这其中有一股强大的力量,使一切都处于运动……其动
> 词艺术在技巧上极其强烈地感染了我。动词是我的最弱项,
> 我花了很长时间想去弥补……现在,我从中受益匪浅。②

布莱希特几乎同时在克拉朋特的译作和最前卫的现代文学作
品中结识了老子的学说,并且随即在此基础上认识了《道德经》本
身,就他与老子的关系而言,这具有难以估量的意义。德布林的小
说诞生于威廉二世统治下的德意志第二帝国晚期,它成为以批判
现代文明、倡导生机主义为导向的道家学说接受史上最广博、最复
杂的文献。韦伯曾对这种接受作出过十分形象的描述。德布林在
小说中刻画了一位具有道家思想的主人公以及由他领导的异教运
动(其历史原型是 18 世纪的一场起义)。他们反抗儒家王朝僵化
的压迫秩序,却遭到毁灭,但正是面对强大的帝国,他们在失败中
证明了自己才是真正的胜者。

---

① O. 杜拉尼(O. Durrani):《沈德、隋达和〈王伦三跃〉》,1981,第 112 页。
② 见 1920 年的一则日记。GBA 26,第 167 页。

图八　小说《王伦三跃》1923 年版封面及内封

　　德布林受益于当时迅猛发展的汉学研究,从中获得了全面、丰富的文化史、宗教史知识。① 同时,他的表达也如此势不可当地一

---

① 　近年的德布林研究令人信服地证明了这一点,参见瓦尔特·穆施克在 1989 年版《王伦三跃》中的后记以及舒斯特、谭渊的研究,并请参见奚豪博(Hau Bok Hie):《德布林的道家——对小说〈王伦三跃〉以及早期哲学—诗学作品的研究》(*Döblins Taoismus. Untersuchungen zum Wang-lun-Roman und den frühen philosophisch-poetologischen Schriften*),哥廷根大学博士论文(Diss. phil. Göttingen),1992。以上研究反驳了一些学者对德布林汉学知识的批评,如白启忠(Ki-Chung Bae):《魏玛共和国时期德语文学中的中国小说》,Marburg,1999;费正(Zheng Fee):《阿尔弗雷德·德布林的小说〈王伦三跃〉——对其来源和精神内涵的研究》(*Alfred Döblins Roman »Die drei Sprünge des Wang-lun«. Eine Untersuchung zu den Quellen und zum geistigen Gehalt*),Frankfurt /M.：Peter Lang,1991;黄海寅(Hae-in Hwang):《二十世纪德语文学中的东亚观——以阿尔弗雷德·德布林和赫尔曼·卡萨克为重点》(*Ostasiatische Anschauungen in der deutschen Literatur des 20. Jahrhunderts unter besonderer Berücksichtigung von Alfred Döblin und Hermann Kasack*),波恩大学博士论文(Bonn Univ., Diss.),1979。

再滑入基督教模式下的浪漫派及新浪漫派的老子接受史轨道。在书中,道家使者的布道演说便模仿了耶稣对门徒的传道演说(很难判断哪些是有意为之,哪些是不由自主的照搬照套),倡导软弱顺从的教义与耶稣的《登山宝训》之间的相似性让人难以无视,最终,王伦及其门徒由放弃暴力而导致的自杀又与基督教的耶稣受难故事原型结合了起来。

布莱希特能在德布林身上获得的首先便是对道家学说更进一步的深入研究,其基本特征也与时代的典型模式相符。但与克拉朋特诗中不同的是,在这部杰作中,宗教与哲学传说、历史与玄学的关系都在语言层面上以最为细致入微的方式条分缕析地得到了反映。同时,革命问题以及革命后秩序体系的问题在小说中完全自然而然地得到了呈现,而在克拉朋特那里则是通过公开宣言来阐明的。

只有德布林才能让布莱希特认识到克拉朋特有失自然的世界观诗歌中模模糊糊表达出来的东西:如何才能将道家思想运用于美学实践中,如何才能在诗中找

图九　德布林肖像,Ernst Ludwig Kirchner（1880—1938）,创作于1912年

到这一哲学的适当表现形式。换言之：只有在这里，对道家学说的探索才同时表现为哲学、政治和美学方面的思想及创作运动。因此，对于想理解布莱希特与老子关系的人而言，也必须关注德布林的《王伦三跃》及作品中所引用的道家学说。

这部小说很明确是献给《道德经》《庄子》之外的第三部道家经典——《列子》的。1912年，德布林阅读了以列子名义流传于世的《冲虚真经》，译者正是卫礼贤。同年初，帝制在中国走向了最终的灭亡。该事件为这本读物增添了一分政治深度，使德布林正在撰写的小说具有了独特的意义。

这里提到的列子或"列老师"并非作者的名字，而是那部匿名的道家名人轶事、格言警句以及教学谈话汇编中经常登场的一个人物：列御寇。除列子外，与其立场相反的杨子（杨朱）以及中国历史上的其他智者也在书中纷纷登场，排在首位的是孔子与老子。这些故事当中，有一则谈到孔夫子婉拒了一位崇敬者充满敬畏的提问：他是否是一位圣人，他的回答是："一位圣人！我怎能算得上一位圣人啊！"然后他把视线从自己身上引开，引向那个前往西方的人，而属于圣人的一个特质便是人们根本连他的名字都不会知道：

> 孔子曰："西方之人，有圣者焉，不治而不乱，不言而自信，不化而自行，荡荡乎民无能名焉。丘疑其为圣。弗知真为圣

欤？真不圣欤？"（《列子·仲尼》）

无名才是真圣贤，无为才是真有为，而真正的教化则无需言语：在孔子的感知中，老子才体现出他所教导的大道（他自己多以化名"老聃"出现）。同样，他通过"西"行出关来远离芸芸众生也正符合知行合一。根据关令尹喜的回忆，这位智者曾利用出关的机会再一次诠释他的玄学原则：

> 昔老聃之徂西也，故而告之："有生之气，有形之状，尽幻也。"（《列子·周穆王》）

具有传奇色彩的关令尹喜出现在了《列子》中的一系列故事里，①就是他在老子流亡途中向圣人索要了他的著作。在从老子的书童手上获取了《道德经》之后，他自己也成为道家的一位师尊；而经书正好帮助他阐释了老子关于流水的比喻：

> 尹喜曰："在己无居，形物其箸，其动若水。"（《列子·仲尼》）②

① 原书注：亦作关尹喜、尹喜，"关"指关口。卫礼贤在《道德经》译本中曾对此进行解释。
② 原书注：卫礼贤在翻译此句时还在"水"后面加入了"灵活（schmiegsam）"一词进行补充说明。此处措辞看上去也是自相矛盾，因为其中起作用的是"唯默而得之"的"道"。卫礼贤译：《列子》(Liä Dsi)，Jena：Diederichs，1912，p. 96。

而今在德布林的小说中，伴随着对"道的古老家园"①越来越宽泛的反思，弱水随着时间推移战胜强大岩石的意象成为最重要的主旋律。它形象生动地反映着"无为"的原则，王伦从思想到言语，从拒斥、怀疑到最终的坚决皈依，无不围绕于此。这是王伦智慧的第一个也是最后的结论："唯一可以抗拒命运的方式就是：不去反抗。……无为，如清水一样柔弱、顺从。"②在经历了一切不同形式的主动、被动反抗所引发的动荡后，他最终发现，自己伴随着"第三跳"赫然回到了最初的思想：

> 人们所说的白发老者早已知晓：柔弱、隐忍、顺从才是正道。在命运的打击中把握自我才是正道。顺势而为，水顺应水，顺应河流、土地、空气，永远做兄弟姐妹，爱才是正道。③

在德布林那里，这样的句子最终从带有哲学内涵的生活智慧变成了具有政治意味的座右铭。它来源于《道德经》第 29 章中的经验之谈："将欲取天下而为之，吾见其弗得矣。"瓦尔特·穆施克

---

① 德布林：《王伦三跃》，第 100 页。
② 同上书，第 79 页。原书注：德布林在小说中用"清水"代替了"弱水"这一主题，这到底是有意为之还是一处笔误？历史上王伦起义的确是用了"清水教"之名，但这一概念上的缩小化也有可能是为了便于与书中同样打着宗教名义的"白莲教"（小说里的"白莲花"）起义建立起联系。
③ 德布林：《王伦三跃》，第 471 页。

（Walter Muschg）指出，这句话点明了小说的中心思想。① 德布林虽将列子置于小说《献词》的核心，但老子才是灵魂人物，《道德经》才是最重要的思想来源。

然而，德布林为何将他的小说郑重其事地献给传说中的列子，这依然值得我们仔细审视。因为《献词》中流于笔端的并非只是这部小说的诗意，其本身就已经是这种新叙事技巧的经典范例。世界观与创作过程从第一句话开始就呈现出一种相互依存的关系。借助于营造一个身临其境的场景，同时也是作家的创作环境，德布林将他自己的思考借题发挥出来。正因如此，文中赖以为基础的道家思想在此无可替代，它所扮演的绝非是"整体"世界观中某块原则上可以被任意替换的帷幕，而是跳出了这一时代东方主义思潮影响下流行于世的僵化形象，实现了影响深远的革新。

"这其中有一股强大的力量，使所有的事物都奔流起来。"布莱希特对德布林的小说如此点评道。就是这股力量，在他的道家叙事诗《传奇》中得到了延续，在"柔弱之水，奔流不息"的警句中得到了延续。谁要想感受一下这种力量，那么可以在作为小说序曲的《献词》中找到一个透彻的例证，序曲的结尾则是给列子的献词：

---

① 瓦尔特·穆施克：《编者后记》，第487页。

我无法忘怀——

从街上传来一阵柔和的汽笛声。金属部件的启动声，嗡嗡声，沙沙声。我的骨质钢笔骤然一顿。

我无法忘怀——

那到底是什么？

我想关上窗户。

近几年马路上出现了不同寻常的声音。石头下面绷起了铁网；每个灯柱上都有米把厚的玻璃片在摇晃；一块块铁板隆隆作响，曼内斯曼无缝钢管仿佛在把回音反复咀嚼。木头、粉碎机的大口、压缩空气、鹅卵石，稀里哗啦，捶打着耳膜。一阵电子笛声沿着轨道传送开去。汽车的引擎喘息着，挨着街边从柏油中破浪而过；我的门摇晃着。弧光灯奶白色的灯光送出强劲光线，沙沙地敲打在玻璃窗上，将大堆光线倾泻在我屋中。

我无意责备这带来困惑的颤动。只是觉得无所适从。

我不知道，那是哪些人的声音，谁的灵魂需要这千万种声音共鸣所组成的穹顶。

飞机在天空中像鸽子般翱翔。

暖气炉在地底下涌动热流。

语句化作闪电划破百里：

这些都是为了谁?

走在人行道上的人我当然认识。他们的收音机很新。怪相上映出贪婪,刮得淡青的下巴显出敌意的饱足,薄薄的鼻子抽动的是淫荡,心脏浓稠的凝血里微微搏动的是粗野,水汪汪的狗眼中闪动的是虚名,他们的喉咙对着以往的世纪狂吠,满口是这字眼——进步。

哦,我懂得这些。我,受着风的洗礼。

我只是无法忘怀——

在这地球的生命中,两千年便如一年。①

战胜,占有;一位老者说过:"我们走路,不知道去向何方。我们停留,不知道身在何处。我们吃饭,不知道所为何端。所有这些不过是天地强大的生气:谁又能谈得上战胜、占有呢?"

我权且用这本无力的小书在窗前祭拜他,这智慧的老者:

列子。②

德布林的历史小说首先从召唤读者的当代经验出发,然后回溯到时间深处讲述了起义的故事,故事中的王伦从道家门徒成长

---

① 原书注:这是一个带有典型性的例子。德布林在此处再度使道家思想和《圣经》靠拢,因为《旧约·箴言》(90,4)中说:在造物主面前"千年如一日"。

② 德布林:《王伦三跃》,第7—8页。

为暴力革命运动的领袖人物，最终又重新成为"无为"的追随者，宁愿带领他的信徒选择死亡也不再杀生。

德布林引用的那段"老者"的话出现在《列子》八篇中的第一篇里，①说话者既不是列子自己也不是智慧的老子，而是聪敏的丞。充满求知欲的帝王舜问他："道可得而有乎?"他回答道，人甚至连自己的躯体都不曾真正拥有过一次：

> 故行不知所往，处不知所持，食不知所以。天地之强阳气也；又胡可得而有邪?（《列子·天瑞》）

舜所提出的是否可以拥有世界，当然还有自己躯体的问题是一个普遍问题，引人注目的是，德布林改变了原文中的关键点，使之在1915年成为特别针对经济关系的问题："谁又能谈得上战胜、占有呢?"

这就是华绍尔向他介绍《道德经》之前几天布莱希特业已读到的"道家"作品，写成于现代大都市中，也是关于它的一部作品，同时还借用了来自中国历史的遥远而开阔的视角。他所接触到的

---

① 原书注：卫礼贤将篇目名称（《天瑞》）翻译成"无形世界之启示"（Offenbarungen der unsichtbaren Welt），卫礼贤在翻译此篇时还将《浮士德》结尾一段的诗句"一切易逝者/不过是比喻，/难得如意者/今日终得偿"作为引导辞。卫礼贤：《列子》（Liä Dsi），第33页。

"道家"既带有玄学意味,又有从中引申而来的社会批判意味,在德布林那里则被明确为对资本主义的批判。他在德布林的作品中看到了对现代日常生活的强烈诅咒,也看到了德国文学中的第一个未来主义文学范例,[1]同时还看到了在真正意义上作为对世界看法的道家学说,它将大城市、新科技、新媒体、新生产形式所带来的惊心动魄的经验联系在一起。曼内斯曼无缝钢管和空气锤、有轨电车、飞机和电报、弧光灯和柏油马路:一切都可以在这里体验到,并且在语言上让人联想起势不可当的宇宙动力,一切都消解在修辞风格的细微变化中,同时一切意义都融入扣人心弦、一泻千里的运动中。德布林的散文在读者心中所激起的阅读体验也正是抽象的辞令"天地强阳气"所指向的目标:一个无形世界令人鼓舞的(政治上也同样令人鼓舞的)宗教启示,它激荡在科技工业革命时代人们的心中。这就是柏林之"道"。

---

① 德布林"中国小说"与意大利作家马里内蒂(Filippo Marinetti)的"非洲小说"《未来主义者马法尔卡》(*Mafarka le Futuriste*,1909)有诸多关联之处,参见谭渊:《德国文学中的中国人——以席勒、德布林、布莱希特作品中的中国人形象为重点》,第131—146页。文中对德布林小说的未来主义叙事风格进行了优秀而简洁的分析。

尘世之争与礼貌的中国人

　　老子、德布林、克拉朋特：要想理解布莱希特的阅读范围何以如此之广，就必须再度回到事情发生的那个历史时刻。1920年，当1918—1919年革命的余痛未消，德国人接受老子思想的热潮主要在年轻的诗人和学者那里达到了顶峰。克拉朋特的译诗，连同他新近发表的将道家师尊艺术化为救世主的宗教内涵作品，尤其体现出道家思想作为一种世界观对德国现代派文学的重大影响。荟集于此的不仅有克拉朋特本人对李太白诗篇的自由翻译、卫礼贤引发广泛兴趣的汉学和宗教历史学译本、德布林在其"道家小说"中的未来主义写作实验，还有像赫尔曼·黑塞那样短暂成为老子信徒者的心醉神迷。① 韦伯发表于同一年的《儒教与道教》不仅从显著的社会学视角对这一知识分子事件进行了点评，而且他显然也为道家成为时髦的哲学文化批判学说进一步创造了前提，在

---

① 参见夏瑞春（Adrian Hsia）：《赫尔曼黑塞与中国》（*Hermann Hesse und Chma*），Frankfurt/M.：Suhrkamp，1974。

将道家与"文士阶层"僵化的斯文置于对立面时,他对"异端"的同情可谓一目了然。

然而,这种异国情调的摩登哲学从一开始就以一种具有误导性的方式在流行,人们所熟知的路德版《圣经》的思维和措辞方式被照搬过来,只是经过变形处理使之具有了距离感。年轻的布莱希特则与《圣经》联系紧密,尽管他背弃了影响过他童年和少年的基督教,但与《圣经》千丝万缕的联系却远超乎于此。① 于是乎,道家的思维与诗歌潜入了失去归宿的语言表达方式,并且赋予它们一种新的玄学上的联系。在这里,基督教思想的渗透要比表面所看到的深入得多。同时也请注意: 这也为一种新的诗歌创造力开辟了可能性。

换言之,对布莱希特而言,1920 年这个年份简直是深入阅读老子作品的绝佳时刻。反过来也可以这样说,这个 22 岁的青年,这个没有将基督教作为内心宗教的《圣经》读者,这位创作了《巴尔》和《家庭祈祷书》的诗人,这个信奉无政府主义的个人主义者和享乐者,这个厌弃市民规范同时又害怕俄国十月革命后官僚主义秩序的人,这位克拉朋特诗集《李太白》和德布林小说《王伦三

---

① 参见洛热(Eberhard Rohse):《早期布莱希特与〈圣经〉——对奥格斯堡宗教课与一位中学生的文学尝试的研究》;阿尔布莱希特·勋纳(Albrecht Schöne):《贝尔托特·布莱希特·戏剧理论和戏剧创作》(*Bertolt Brecht. Theatertheorie und dramatische Dichtung*),载《欧伏良》(*Euphorion*),第 52 卷,1958 年,第 272—296 页。

图十　贝尔托特·布莱希特，Konrad Reßler（1875—1960），摄于1927年

跃》的读者，现在将救赎的希望寄托在了浮云与流水上——这样一个布莱希特，现在正是老子学说的理想读者。再没有比1920年9月更为合适的相逢之时了，也是在这个月份里，他在日记中留下了令人疑窦丛生的"然而"。

由此，老子伴随了布莱希特的一生，无论时代，无论他的思想、创作如何变化。自1919—1920年开始，布莱希特就不断以各种迥然不同的方式从正面将道家思想、概念和比喻运用到自己的作品中，甚至运用到那些与中国几乎毫无关联的诗歌作品中。① 于是，我们在《城市丛林》（*Im Dickicht der Städte*，1923/29）中读到了"柔弱之水能将整座大山搬走"。② 1932年初，在为剧本

① 相关资料的汇编参见安东尼·泰特娄：《恶的面具——布莱希特对中国和日本诗歌、戏剧、思想的反应、比较与批判性评估》，《万物皆流》（*The Flux of Things*）一章，第455—468页。
② 首演于1923年，印刷于1927年。GBA 1，第478页。在标有"加尔加对施林克说"的条目下，布莱希特1921年在日记中写道："我知道，'流水能搬走整座大山'。"GBA 26，第247页。

《母亲》(*Die Mutter*)撰写的舞台说明中,布莱希特又写道:"希望,同样不可战胜,就如其无迹可寻一般,持之以恒,定能胜利,犹如溪流中永不停歇的流水可以淘空挡路的岩石。"①在这一过程中,道家与基督教的措辞和意象一再熔于一炉,但若考虑到它们此前的一段共同历程,这种结合也就不再显得那么出人意料了。1938 年,也就是布莱希特着手创作老子叙事诗的同一年,他在《伽利略传》(*Leben des Galilei*)第一版中引用了"一句极其美妙的格言":"当我弱时,即我强时。"泰特娄提醒研究者,此处模仿了德布林笔下《王伦三跃》的一句:"当你弱时,即你强时。"②其实,布莱希特的格言同时还逐字逐句地引用着使徒保罗笔下的《哥林多后书》:"当我赢弱的时候,就是我强大的时候。"布莱希特需要将它作为中国智慧再一次从德布林的基督教—道教混合文化中发掘出来③,尽管难以清楚确认格言的出处,但它有力地表明了布莱希特和德布林这样的学者是如何始终不渝地从基督教视野来感知道家思想——作为其对立面,也作为具有类比关系的统一体。

　　这一被赋予双重编码的引言同样清晰地表明,要将布莱希特

---

① GBA 24,第 113 页。
② 安东尼·泰特娄:《恶的面具——布莱希特对中国和日本诗歌、戏剧、思想的反应、比较与批判性评估》,第 459 页。德布林在此处引用了卫礼贤翻译的《列子·黄帝》中的"欲强,必以弱保之"。卫礼贤译:《列子》(Liä Dsi),页 66。
③ 《新约·哥林多后书》第 12 章第 10 节。

众多作品中狭义上的道家意象和道家思想成分,从与之相近——但又不能明确追溯到《道德经》以及其他道家典籍的思想元素中区分开来,难度将会不断增大。正如我们所看到的,在交叉领域中,无论是从道家偏爱的充满动感的正反对比到历史辩证法思想,还是到基督教思维方式,情况皆是如此。这一点也适用于"弯"与"折"的对比所形成的广阔意象场,阿尔布莱希特·勋纳(Albrecht Schöne)曾在比较文学研究中以布莱希特等人作品为例展示其真正堪称世界性的广泛传播。1953 年,暮年的布莱希特写下了《布考尔挽歌》(*Buckower Elegien*),在一首他去世后才发表的诗歌中他对比了给"铁"自身带去危害的"坚硬"和易弯之"木"的"柔软",这一对比与《道德经》中的思想显然十分相似。而毫无疑问的是,诗歌影射的是 6 月 17 日事件,也影射了斯大林的铁腕和斯大林主义:

铁

今夜我在梦中,

看到风暴袭来。

它将脚手架抓住,

对支架尽情肆虐。

铁架轰然坠落。

木架左弯右曲，

然而依旧矗立。①

图十一　德国柏林市布莱希特夫妇之墓（拍摄者：谭渊）

在 1956 年布莱希特去世前不久，他曾对当年发表在《家庭祈祷书》中的诗作《对绿树的清晨演讲》（*Morgendliche Rede an den Baum Green*）进行重大修改，将道家思想元素融入其中。他在早先版本中的诗行"秃鹫（贪婪的人们）对您兴趣盎然"后面加入了以下两句：

---

① GBA 12，第 315 页。参见阿尔布莱希特·勋纳（Albrecht Schöne）：《谈弯与折》（*Vom Biegen und Brechen*），载勋纳（Albrecht Schöne）：《践踏草坪——文学十七讲》（*Vom Betreten des Rasens. Siebzehn Reden über Literatur*），München：Beck，2005，pp. 39－40。

> 如今我知道了：只因您毫不动摇的退让
>
> 您才能够直到今天早上依然笔直挺立。①

老子在《道德经》第 78 章中说道："弱之胜强，柔之胜刚，天下莫不知……"布莱希特后期创作的诗歌堪称对此的生动演示。尽管如此，人们也很难将其归结为布莱希特对《道德经》直接而刻意的演绎。但这绝非否认比较性研读的功用。恰恰相反，这样的文章说明，我们在布莱希特身上所认定的狭义上的道家思想，其实已经极为广泛地渗入了他思想的方方面面。反之亦然——布莱希特对道家经久不息的兴趣正源于一种根本性的、对文本内涵的兴趣和偏好，因此，模仿与原创之间也很难划分出清晰的界线。正如那句话所说："老子与我契合。"

《科伊纳先生故事集》(*Geschichte vom Herrn Keuner*) 也属于这类与道家思想若即若离的作品。人们只记住了其中最为深奥同时也相应最受阐释者青睐的故事：《对抗强权的措施》(*Maßnahmen gegen die Gewalt*, 1929)。故事中的科伊纳先生刚刚公开表示对强权的不满，就被拟人化了的强权拦住盘问。他

---

① 早期版本的《对绿树的清晨演讲》(*Morgendliche Rede an den Baum Green*)，见 GBA 11，p. 55，这里所引用的是后期版本的《对绿树的清晨演讲》(*Morgendliche Rede an den Baum Griehn*)，GBA 11，第 306 页。

立刻竭力声明：自己原本正想为强权说话来着。为了辩解自己为何"没有骨气"（原话是："我没有脊梁骨来让人打断。"），他对质问者讲述了一个故事。故事主人公是一位"艾格（Egg）先生"，他为躲避强权，对其采取顺从的姿态。有一天，一位暴君式的"代理人"身负强权者之命闯进了他家中，并且问他："你愿意服侍我么？"艾格先生耐心地满足着他的心愿，但却坚持一言不发，直到七年后，"暴饮暴食、呼呼大睡和发号施令"终于让变得又肥又懒的闯入者一命呜呼。"于是，艾格先生用腐坏的毯子把他裹起来，从房里拖了出去，再把床清洗干净，墙壁粉刷一新，之后，他舒了口气，答道：'不。'"①

如果不是把"无为"单纯地缩减到一种清净淡薄的消极态度，那么它的含义通过这个故事就一目了然了。布莱希特笔下的主人公通过沉默不语表示了他的反对，（"可是，无论艾格先生为他做什么，有一件事总是很小心地从不去做，那就是：张嘴说话。"）沉

---

① GBA 18,pp. 13－14。这一故事在研究中多与道家传统联系在一起。同样指出老子的有克劳斯·海因里希（Klaus Heinrich）：《为何难以说不》（*Versuch über die Schwierigkeit nein zu sagen*, Frankfurt/M.：Suhrkamp），1964,p. 55。同样的还有宋伦烨：《贝尔托特·布莱希特与中国哲学》，第107—117页。几乎将科伊纳与老子等同起来的有约翰·米尔福尔（John Milfull）：《从巴尔到科伊纳——布莱希特的第二种乐观主义》（*From Baal to Keuner. The ‚Second Optimism' of Bertolt Brecht*），Bern：Peter Lang,1974, p. 93。与之不同的解读参见阿尔讷·佩尔卡（Arne Pelka）：《从美学和政治语言环境解读布莱希特的〈科伊纳先生故事集〉》（*Brechts »Geschichten vom Herrn Keuner« unter Berücksichtigung der ästhetischen und politischen Kontexte*），哥廷根大学国家考试论文，Göttingen：Staatsexamenarbeit,2008,pp. 87－89。

默不语和一言不发地"有人指路就走,有人推动就滚,随波逐流"①一样同属无为,直到你的敌人被他自己所选择的生活——"暴饮暴食、呼呼大睡和发号施令"——害得一命呜呼。

在流亡斯文德堡期间,布莱希特一方面遭到法西斯的迫害,另一方面受到斯大林时期肃反扩大化的折磨,于是就用这个故事来表明了一种政治行为方式,它被视为一种依照"道"来进行的有为,但若是在人们所熟悉的斗争与反抗语义学中则只会引起反感。1938年,布莱希特开始着手创作他的第一部"道家思想"的戏剧——新版《伽利略》(*Galilei*)。这一版本对伽利略收回"日心说"以及他面对强权者时的胆小退让似乎都表示赞同,这令研究者至今百思不得其解(布莱希特在其后来的版本中也尽力对这一挑衅性的观点进行了修正)。为了解释清楚,这位学者表面上的怯懦在多大程度上帮助他持之以恒地贯彻了他视为真理的东西,布莱希特让伽利略在回答"人们到底应不应该沉默"时再次讲述了1929年科伊纳先生的故事。② 只有两个细节发生了改变,从前那位明显带有文字游戏味道的"艾格先生"现在变成了克里特岛上的哲人"科伊努斯",他"因为心怀自由思想而备受克里特岛人爱

---

① 艾伦·瓦兹:《道——水流之路》,第116页。
② 参见宋伦烨:《贝尔托特·布莱希特与中国哲学》,第113—117页。其中第117—129页明确提及了《老子》一诗和《伽利略传》。

戴";故事的发生时间现在也变得更具普遍性,其代表性也更为突出,直接点明是"强权统治的时代":

　　伽利略(在天平前忙碌着):我想起了一个小故事。科伊努斯是一位因为心怀自由思想而备受克里特岛人爱戴的哲人。当时还是强权统治的时代,一天,一个代理人来到了科伊努斯的住所,出示了一份以城市统治者名义签发的证明,上面写道:他所踏入的每一处住房都归他所有;同样,他所要求的每种食物都归他所有;以此类推,他所看见的每一个人也必须为他服务。代理人坐到一把椅子上,索要食物,在沐浴之后,躺了下来。入睡前,他面对着墙壁问道:"你会服侍我吗?"科伊努斯先生给他盖上一床毯子,为他驱赶蚊蝇,守护着他入睡,就这样始终如一地听他使唤有七年之久。可是,科伊努斯先生无论为他做什么,有一件事总是很小心地从不去做,那就是:张嘴说话。如今,七个年头过去了,代理人在长期暴饮暴食、呼呼大睡和发号施令之后变得大腹便便,终于一命呜呼。于是,科伊努斯先生用腐坏的毯子把他裹起来,从房里拖了出去,再把床铺清洗干净,墙壁粉刷一新,之后他轻轻地舒了口气,答道:"不。"①

----

①　GBA 5, pp. 72－73.

只有将其视为道家思想原则下的一个严肃案例，才能看到哲学寓言和历史范例间联系的广度和重要性。布莱希特在 1944 年所撰写的一篇文稿中回忆了《伽利略传》的写作契机：①

> 《物理学家伽利略传》是在 1938 年底那几个黑暗的月份中完成的。当时许多人认为法西斯的进军已势不可挡，并且认为西方文明社会的最终崩溃业已来临……社会主义的经典理论失去了新兴思想的魅力，仿佛已然属于过去的时代了。②

这段黑暗岁月正是布莱希特写下《老子》一诗并加以修订的时刻。他再次着手深入研究道家思想的时间与创作《伽利略传》相隔如此之近，即便并不迫使大家往谱系学上想（就算这既不恰当也无必要），这一猜想也总是足以令人信服。

《斯文德堡诗集》中几首与《老子》一诗相邻的诗歌也能够追溯到道家思想源头上去。在著名诗篇《致后人》(*An die Nachgeborenen*)中，布莱希特痛惜于在暴力时代中非暴力式无为的不可能性，也就是说他在声声叹息中与科伊纳先生和伽利略的道路拉开了距离，

---

① 原书注：当时他正在与美国好莱坞剧作家查尔斯·劳顿(Charles Laughton)共同改编这部作品。
② GBA 24, pp. 239 – 240.

诗中关于"智慧老者"与"古书"的影射也不存在误读的可能。"古书"在这里又一次同时涵盖《道德经》与《圣经》。使徒保罗在《罗马书》(12,21)中要求"以德报怨",这与耶稣的《登山宝训》(《马太福音》5,44)相仿。而《道德经》第64章所要求的是"忘却"(圣人欲无欲)。① 布莱希特直接以理所当然的口吻将两者结合在了一起——都作为在历史斗争中无法实现的东西:

> 我也愿意成为智者,
>
> 在古书中写着何为智慧:
>
> 远离尘世间的纷纷扰扰,
>
> 毫无恐惧度过短暂人生,
>
> 亦无须暴力就应对从容,
>
> 以善报恶,
>
> 忘却而非满足他的愿望,
>
> 这才真正堪称智慧,
>
> 但这一切我都无法做到:
>
> 真的,我生活在黑暗的时代!②

① 参见宋伦烨:《贝尔托特·布莱希特与中国哲学》,第127—128页;安东尼·泰特娄(《如何理解布莱希特身上的中国影响》,第375页)视《道德经》为该诗源头:"这是对老子伦理的一篇总结。"
② GBA 12,第86页。参见同一书中(第387页)的评注以及卡尔-海因茨·硕普斯(Karl-Heinz Schoeps)在《布莱希特手册》(第2卷,第274—281页)上关于作品创作史和结构的文章。这一节在1934年就已写成。

在布莱希特创作的《二战中的帅克》(*Schweyk im zweiten Weltkrieg*)①末尾,《伏尔塔瓦河之歌》(*Moldau-Lied*)在某种程度上又将道家基本思想变为了波西米亚风格的东西,并将他刚刚抛弃掉的东西又重新捡了起来:

> 石子在伏尔塔瓦河的河床上游荡,
>
> 布拉格埋着三个皇帝,
>
> 伟大者无法永远伟大,渺小者未必永远渺小,
>
> 黑夜有十二个小时,然后白天就会来临。

阿尔布莱希特·勋纳强调,此处所说的正是流水,它不仅随着时光战胜了强大的石头,而且还永不停歇,即便是达到了历史目标、进入了天堂般的静寂状态。按照有点官方色彩的解读,从该剧上下文可推知,此处所要强调的正是:水的运行之道。

基于这种主题和母题上的延续性(以及二者之间一再呈现的张力),我们大可不必惊诧于布莱希特在华绍尔那里首次接触到老子后不久就让智慧的老者作为主角登场了。布莱希特在 1925 年出版的《柏林交易所信使》(*Berliner Börsen-Courier*)上讲述了一

---

① 译者注:Schweyk 为人名,借用了捷克作家雅洛斯拉夫·哈谢克(Jaroslav Hasek)的著名作品《好兵帅克》。

图十二　德国柏林市布莱希特塑像(拍摄者:谭渊)

件轶事,题为《礼貌的中国人》(*Die höflichen Chinesen*)。里面已经出现了老子流亡的"传奇"以及《道德经》的诞生,正是这个简略而主观化的版本后来成为日后诗歌创作的基石:

礼貌的中国人

在我们的时代鲜有人知,做出造福于大众的功绩是多么需要特别加以辩解。据我所知,礼貌的中国人尊崇他们的智者老子,远胜于其他民族尊敬自己的老师,这体现在他们讲述的下面这则传奇上。老子年轻时教导中国人生活的艺术,垂暮之年才离开故国,因为人们越来越走向非理性,令老人的生活日益举步维艰。面对抉择，是忍受人们的非理性还是力挽狂澜，老子最终选择了离开这片土地。他在边境上遇到了一名税吏，此人请求他为自己写下他的教诲。老子生怕显得不礼貌，就顺从了他的请求。他在一本薄薄的书中为税吏写下了自己毕生的经验。写完后才离开自己出生的国家。中国人用这则轶事为《道德经》的诞生进行了辩解，他们直至今日仍在按照书中的教诲生活。[1]

布莱希特研究者们几乎总是将这则小小的轶事与他后来的《老子》叙事诗联系起来考察，认为它的意义在于——以素描的形式勾勒了一幅画面，但这幅画要到13年后才会完成，1925年则还根本无从谈起。至于这篇短文本身也颇为耐人寻味，甚至于可以说相当扑朔迷离，极少为人所注意。[2]

在这则改编得非常有布莱希特特色的中国轶事中，最为奇特的是第一句和最后一句。为什么中国人对这本书的存在——一件造福于"大众"的功绩——要一本正经地加以"辩解"，而不是简单

---

[1] 《柏林交易所信使报》(*Berliner Börsen-Courier*)1925，见 GBA 19，第 200 页。

[2] 即便是小心谨慎的安东尼·泰特娄也将重点放在证明布莱希特诗中一种天生的对老子的辩证理解(因此与布莱希特的马克思主义很好兼容)并批评其"并未深入研究这则轶事，并无深入的思考"。安东尼·泰特娄：《如何理解布莱希特身上的中国影响》，第 378 页。延·科诺普夫只是顺带赞扬了"传奇诗的一个散文版本"，他不仅将其视为《老子》传奇诗的先声，而且指出其与卫礼贤转译的《史记》段落存在联系，见延·科诺普夫：《偶然：诗》，第 163 页。

地去"解释"？当"礼貌的中国人"要对他们无比尊崇的伟大智者表示"尊敬"时，为什么甚至还需要"发明"一则传奇？在看似随意的选词中，布莱希特已经表达了他的态度。因为这本传播"无为"理念的书虽然是如此之"薄"，但已经构成了一种行为上的自相矛盾。当然，只有假定"无为"学说业已广为人知，才能理解其中的玄妙。

虽然布莱希特到此刻还没有像德布林或者克拉朋特一样讨论过无为问题——其实这个悬念在《道德经》中就已触手可及——一个人，作为道家信徒，到底能不能写一本关于道家的书？当他坚持要用文字写下"使人复结绳而用之"（《道德经》第 80 章）的座右铭、把取消文字作为目标时，其行为是不是与之自相矛盾？

道家贤人需要辩解——为何他会如此显而易见地与自己的学说背道而驰：写下自己的学说，言说不可言说之物，并最终在书上签下大名。"圣人"固然是"不自伐故有功"（《道德经》第 22 章）的，但其门徒还是需要对这种"有为"进行辩解。虽然根据他的教导，门徒只能通过忘却的方式来表示对他的尊重——正如在布莱希特所演绎的版本中，他在启程后忘记了他的山谷一样——但门徒们现在竟然已拜读了他的著作，甚至还满怀敬意地记住了他的大名。

因为他们要为老子"有名"的行为、要为他们对老子的尊崇、

要为与老子要求相左的实践而进行辩护——所以布莱希特认为
"礼貌的中国人"创造了山中税吏的美丽故事（就我所见，他是第
一个完完全全理解了这一道家玄机的人）。正是通过发明这个故
事，中国人让人看到，他们已经完全明白了"书中的教诲"，并在其
指引下弄清了他们自身行动中的矛盾行为：他们在真正意义上
"时至今日"仍在按照他所说的生活，直至他们还在讲述这些用于
辩护的故事那一刻。

　这才是布莱希特在轶事中所处理的问题——不是泛泛而谈团
结起来行动所需的礼貌（或者用本雅明的话来说："友好"），而是
讨论一位本想回避"造福大众"之举甚至是回避口述与书写的智
者所陷入的疑问：他的写作行为是否被"允许"，或者更严重地说，
是否构成了对自身准则的背叛。其核心是为一位得道之人进行辩
解，而他所写下的则在政治方面影响深远。讲述者接受了中国人
的说话方式，他自己也认可了对写作行为进行辩解的必要性，通过
这种方式，他表示了对道家原则的赞同。从这种考虑出发，后来那
件并非理所当然的事情就顺理成章了：布莱希特没有将他进一步
加以演绎后的故事版本称为"叙事诗"（Ballade），尽管它按照布莱
希特对同类作品所贴的标签绝对属于此类，而是带着讽刺的温柔
口吻将它称为虔诚的发明，称为礼貌的中国人的发明，更确切地说
就是 Legende——"传奇"。

在这篇短小而神秘的故事问世后，老子的身影有很长一段时间没有再出现在布莱希特的作品中，但在背景中他却时时闪现。在对 1930 年首演的戏剧《人就是人》进行改编时，布莱希特于同年年末写下了一首诗歌，而后安排剧中人物寡妇贝格比克将它唱出。如果没有此前与道家思想的接触，这首诗歌的诞生完全是不可想象的。剧中人物被要求在公平与不公的斗争中表明立场，而她没有倒向其中任何一边，而是选择了脱离这场斗争，"脱离世间纷争"：

> 我到过许多地方，仔仔细细瞧来瞧去，
>
> 许多人坚持作恶，
>
> 他们成为罪犯和笨蛋，
>
> 等待他们的只有死路，
>
> 我看见另一些人坚持公平，
>
> 他们也成为罪犯和笨蛋，
>
> 等待他们的也只有死路，所以我说
>
> 不要有任何坚持，无论是好是坏。

"不要有任何坚持"：这就是"无为"的命令式形式，是老子的教义，是德布林笔下王伦的教义。对它最为直观的寓言表述是一幅流水所构成的画面，出现在寡妇贝格比克所咏唱的讽刺歌谣中：

那时,我第一次说道:

你常看到流水,懒洋洋地流淌,

可你从未见过重样的水流,

那向前奔流的,从未返回

连一滴都没有回到自己的源头。①

这首歌的标题是《万物常流之歌》(*Lied vom Fluß der Dinge*)。研究该诗的学者又一次一边倒地将前苏格拉底学派视为意象的源头,只有泰特娄又一次持有不同意见。柏林和法兰克福历史考据本《布莱希特全集》中的评论指出,"万物常流"这个意象来自赫拉克利特的一句名言"Panta rhei"("一切都在流动中"或"举足复入已非前水");《布莱希特辞典》也采纳了这一说法。② 这种说法在某种程度上讲也是正确的,但它仅提到了(还有布莱希特20世纪30年代早期的其他一些笔记中)在这里交汇的两股水流的源头之一。因为十分明显,副歌里这永不重复的河流既指向赫拉克利特

---

① GBA 14,第64—65页。

② GBA 14,第495页;《布莱希特辞典》,第178页。此书中关于"辩证法"的词条下同样写道:"根据前苏格拉底学派哲学家赫拉克利特的哲学,世界处于永恒的变化过程之中",对布莱希特而言,他是"辩证唯物主义的重要先驱,是其作品《反转之书》以及《万物皆流之歌》的基础"。主题中包含的道家思想传统相反却未被提及。《布莱希特辞典》,第70—71页。《布莱希特手册》中帕特里克·普利马乌斯(Patrick Primaves)的文章同样只提到了辩证法。《布莱希特手册》,第2卷,第175—178页。

也指向《道德经》，二者等量齐观。① 而同样明白无误的是，前一段诗文中所涉及的"行为哲学"要完全归功于"无为"学说，赫拉克利特对此则一无所知。

在 1933 年夏天写给卡尔·克劳斯(Karl Kraus)的一封求助信的草稿中，布莱希特再一次提到了这则来自中国的轶事。他在信中讲到这个故事时是如此驾轻就熟，就好像刚刚才读过这个故事，而并非是在十多年前：

> 我想冒昧地再次向您讨教我们已经谈过的语言学说。
> (您知道，中国人将《道德经》的产生归结于一位税吏的请求，
> 他恳求为躲避国人的愚昧和卑劣而准备离开这个国家的老子
> 再写点什么。老子满足了他的请求，如此一来，此类请求在很
> 长时间中都被视为是得到特许的。)②

在略带戏谑而又简洁明了的类比中，布莱希特将卡尔·克劳斯置于老子的位置，相反却将自己置于税吏的位置上。1938 年 5月，"逃到丹麦的草堂下"的这位流亡者终于写下了《老子流亡路

---

① 原书注：对"道"的定义首见于《道德经》第 25 章。
② 出自没有标明日期的片段，参见 GBA 28，第 369 页。此处提到的克劳斯计划出版的文集直到他去世之后才于 1937 年以《语言》(*Die Sprache*)为题正式出版。

上著〈道德经〉的传奇》。① 在这首诗里,他实际上以"万物常流"的思想来对抗那些"胜利者"。也是在这个月,托马斯·曼出版的流亡杂志《尺度与价值》(*Maß und Wert*)以一种令布莱希特感到蒙羞的方式拒绝了他的稿件,这之后它才在莫斯科的《国际文学》(*Internationale Literatur*)上首次得以发表,然后 1939 年又被编入《斯文德堡诗集》中的《编年史》②单元。③ 这个来自古老"发明"的传奇故事如今要被流亡中的布莱希特重新再演绎一遍了。

---

① 手稿上有玛格内特·斯特芬写下的"斯文德堡,1938 年 5 月 7 日"(Svendborg, 7. V. 38)。正如安东尼·泰特娄在《布莱希特手册》中所述,这一日期仅仅只表示初稿完成的时间。

② 这一标题援引了他在《家庭祈祷书》中创作的宗教组诗《编年史》。

③ GBA 18,第 433—435 页。1949 年该诗又被收录于诗歌散文集《日历故事》(*Kalendergeschichten*),该文集由于被选作中小学阅读材料而影响巨大。

叼着烟斗去流亡

自从瓦尔特·本雅明（Walter Benjamin）堪称蔚为壮观而同时又极其片面的评论①——也是第一篇从哲学角度深入研究布莱希特这首诗歌的论文②问世之后，就形成了一种历史哲学角度的解读，坚决地抹杀了这首诗歌的叛逆特性。本雅明只字未提道家和《道德经》这本书，相反倒把精力集中在布莱希特诗歌中根本连只言片语都没有提到过的各种范畴。他将这首诗解读为对即将到来的"友好"的"弥赛亚式"应许，明确地将其看作是辩证唯物主义者

① 原书注：该评论首先刊登在 1939 年 4 月 23 日的《瑞士星期天报》(*Schweizer Zeitung am Sonntag*)上，保存在布莱希特档案馆的笔记显示作家曾看过该文。但布莱希特错误地将"本雅明关于老子诗歌的评论"记成了 1936—1937 年发表在"巴塞尔报纸的文学副刊"上(布莱希特档案，笔记，69 号)。参见尹美爱(Mi-Ae Yun)：《作为贝尔托特·布莱希特同时代人的瓦尔特·本雅明：亦近亦远的奇特关系》(*Walter Benjamin als Zeitgenosse Bertolt Brechts: eine paradoxe Beziehung zwischen Nähe und Ferne*)，Göttingen：Vandenhoeck & Ruprecht，2000。
② 瓦尔特·本雅明：《对布莱希特诗歌的评论》(*Kommentare zu den Gedichten von Brecht*)，载瓦尔特·本雅明：《文集》(*Gesammelte Schriften*)，第 11.2 卷，Frankfurt／M.：Suhrkamp，1977，pp. 568－572.在获悉本雅明在逃亡途中自杀的消息后，布莱希特以诗歌形式悼念了亡友，诗中再次运用了《老子》一诗中"善良重衰"的主题："善良的力量／衰弱"，在这种情况下，"你匆匆赶往一条无法逾越的国境线，／据说，你要逾越那无法逾越的"。《逃亡者 W.B.的自杀》(*Zum Freitod des Flüchtlings W. B.*)，GBA 15，第 48 页。

为"受压迫者"取得最终胜利而树立的典范,看作道德和政治教导的统一体,还看作是对读者的一种警醒——积极进取的诗歌形成于集体中,来源于那个阶级自身的强烈需求,并对这个阶级的斗争产生了影响。

自此之后,很多解读重复了他的观点。比如玛丽安娜·克斯汀(Marianne Kesting)在她1959年出版的布莱希特研究专著中就吸收了本雅明的核心概念并得出结论:由"友好"所决定的关系"在建立新社会的工作将人们联合起来的地方重新建立了起来"。① 这当然已经脱离了这首诗的实际。因为智者其实在短暂的停留后就绕过那片黑松林继续踏上山路寻找宁静去了,而他留给税吏的警句只谈到了柔弱的流水所取得的胜利。尤其是本雅明感兴趣的那条主线,它虽然的的确确贯穿了从《家庭祈祷书》到布莱希特流亡时期的作品,但在《老子》这首诗中却恰恰只是稍微有所涉及。当本雅明将关于坚硬者遭到失败的诗句叫作"应许"、并且"与任何弥赛亚式的应许相比都毫不逊色"时,他一再援引的那种宗教解释传统恰好是跟这首诗中典型的道家元素毫不相关的,从某种角度上说甚至是背道而驰的。两者间既没有多少共同之

---

① 玛丽安娜·克斯汀(Marianne Kesting):《自证材料与图片文献中的贝尔托特·布莱希特》(*Bertolt Brecht in Selbstzeugnissen und Bilddokumenten*),Reinbek:Rowohlt,1959,p. 88。

处,这里也没什么算得上是满怀应许的。

《老子流亡路上著〈道德经〉的传奇》不仅完全无关革命,甚至连"友好"这个字眼都未曾提及。就如早年的故事版本《礼貌的中国人》一样,诗中智者的"礼貌"行为仅仅只是与儒家的一个核心概念有关。本雅明一定是从布莱希特此前发表的一首诗中借用了这个概念,那首优美的诗歌名叫《世界上的友好》(*Von der Freundlichkeit der Welt*)。①

泰特娄认为从小童口中说出的箴言"也许和本雅明关于历史唯物主义的历史哲学论题思想相近,该诗据此拥有了一种'柔弱的弥赛亚式的力量',其欲求并非挥之即去,这也许就是本雅明想通过这首诗传达的思想",②而尹美爱(Mi-Ae Yun)1997 年的博士论文则指出,本雅明对"友好"的强调"使关于布莱希特的研究视角发生了决定性的转移"。③ 尽管延·科诺普夫在他热烈讨论布莱希特作品的论文集《偶然:诗》中初步意识到了这层关系,但他马上又彬彬有礼地对其进行了否定。他先是认可"他(老子)的计划完全与革命无关",接着马上又补充道:"但它还是寻求着平衡与

① 本文并不反对一种解读的可能性,即从整体上将《老子》视为是对该诗所描写的(友好)行为的直观展现。
② 安东尼·泰特娄:《布莱希特手册》,第 2 卷,第 301 页;尹美爱(Mi-Ae Yun):《作为贝尔托特·布莱希特同时代人的瓦尔特·本雅明:亦近亦远的奇特关系》,第 132 页。
③ 延·科诺普夫:《偶然:诗》,第 165 页。这一评论所影射的是建立反法西斯人民阵线的努力以及对"表现主义之争"的唾弃。

和解,对布莱希特而言,只要它能充当流亡中各种现实困难的联结点就够了。"①这里的道家对布莱希特来说不过是充当了紧急情况下用来凑数的革命教条的替代品。如此一来,科诺普夫就能在其解读的末尾轻轻松松地同意本雅明关于弥赛亚应许的说法,并且通过一个反问"难道还有什么可说的吗?"就此完成了自我辩解。②

图十三 "逃到丹麦的草堂下"——布莱希特流亡丹麦斯文德堡时
所居住的房子(摄影者、时间不详)

其他人的解读就没这么含蓄了。1956年,也就是布莱希特去世的那一年,贝恩哈德·舒尔茨(Bernhard Schulz)在纪念诗人去世的一篇文章中阐释道:布莱希特的老子"为反抗邪恶的社会秩

①　延·科诺普夫:《偶然:诗》,第82—85页。
②　同上书,第166页。

序塑造了一个典范,就如布莱希特作为共产主义者进行抗争一样"。① 1982 年,克里斯蒂娜·波内特(Christiane Bohnert)的研究则将布莱希特笔下的英雄视为资产阶级逃跑主义的恐怖化身:"这位智者的遁世证明了他是一个资产阶级知识分子。民众因此应该盘问每一个他们可以够得着的知识分子。"当然,"知识分子的精神世界和无产阶级以物质为导向的世界都是自成一体,并且完全各行其是"。老子尽管在他并不情愿的情况下留下了他的智慧,但"打那以后他就离开了这个国家,不再参与斗争并且提醒人们小心市民阶层的艺术理解力"。② 而与之相反,弗兰茨·诺伯特·梅内默耶(Franz Norbert Mennemeuer)在 1982 年则错误地解读了这首诗。在其著作《贝尔托特·布莱希特的诗歌》中,他为《斯文德堡诗集》的"编年史"奉献了整整一章,布莱希特的老子被展现为一位批判性的社会学家:"老子对于税吏的关注来源于他对相近命运的感悟:压迫、剥削,此外,他还观察到这里有一个人和他一样在探寻社会穷困的根源——尽管他们当前

---

① 贝恩哈德·舒尔茨(Bernhard Schulz):《贝尔特·布莱希特的〈老子流亡路上著《道德经》的传奇〉——纪念 1956 年 8 月 14 日与世长辞的诗人》(*Bert Brechts »Legende von der Entstehung des Buches Taoteking auf dem Weg des Laotse in die Emigration«. Zum Tode des Dichters am 14. August 1956*),载《有效的话语》(*Wirkendes Wort*)第 7 期,1956/57,第 86 页。

② 克里斯蒂娜·波内特(Christiane Bohnert):《语境中的布莱希特诗歌——组诗与流亡》(*Brechts Lyrik im Kontext. Zyklen und Exil*),Königsteinl Ts.: Athenäum,1982,pp. 101 - 102。

的力量都还较为弱小。"①但布莱希特的诗中却恰恰对此只字未提。② 1997 年,阿尔布莱希特·克洛普费(Albrecht Klopfer)论述布莱希特"东亚诗歌"的博士论文终于提出:恰恰是在《老子》这首诗歌上切莫过度高估其中的中国元素,并且将研究视线引向"《斯文德堡诗集》的历史语境和《老子》叙事诗的背景"——这本是该篇论文接下来应当提供的,但它却恰恰没有做到。他认为,只有从上下文中才能看出,就整体上而言,布莱希特关注这则流亡轶事要胜于他对《道德经》的关注,在整首诗里,只有第五节中关于柔弱流水的比喻"才第一次真正涉及了《道德经》本身"③——就像是在其他讨论政治关系话题的语境中某个随随便便的影射一样。这样的例子还有很多。

然而,结合《斯文德堡诗集》产生的语境从历史哲学角度来进

---

① 弗兰茨·诺伯特·梅内麦耶(Franz Norbert Mennemeuer):《贝尔托特·布莱希特的诗歌——观点,趋势》(*Bertolt Brechts Lyrik. Aspekte*, *Tendenzen*), Düsseldorf: Schwann-Bagel, 1982, p. 171。

② 梅内麦耶同样还抛开文本对老子写下《道德经》这件事进行了曲解:"老子这位智者并没有遵循某种预定的旅行计划",(他不是从一开始就明确了他的目标是寻找宁静吗?)"他接受了税吏让他中断一下旅行的建议……在准备踏出国门时,智者看到一个诱人的时机:他有机会让他的理论付诸实践。"于是乎《道德经》的作者完全变成了雄心勃勃的社会学家的形象。弗兰茨·诺伯特·梅内麦耶(Franz Norbert Mennemeuer):《贝尔托特·布莱希特的诗歌——观点,趋势》(*Bertolt Brechts Lyrik. Aspekte*, *Tendenzen*), Düsseldorf: Schwann-Bagel, 1982, pp. 171 - 172.

③ 阿尔布莱希特·克洛普费:《距离之诗——布莱希特诗歌作品中的东亚和东亚形式》(*Poetik der Distanz. Ostasien und ostasiatischer Gestus im lyrischen Werk Bertolt Brechts*), München: Iudicium, 1997, p. 99。

行新的解读越是显得唾手可得,就越容易忽略掉究竟是什么激励
了接受马克思主义之前的青年布莱希特、是什么给皈依马克思主
义之后的布莱希特制造了一个核心问题。关键在于,道家思想与
马克思主义历史哲学、与列宁主义实践在某些方面完全是背道而
驰的。安东尼·泰特娄早在他发表于1970年的第一篇诗歌分析
论文中就指出了研究对象的独特性与排斥性,并强调"布莱希特也
关心对《道德经》的解读"。[1] 他的扛鼎之作《恶的面具》则涉及对
"弱中有强"这种悖论的强调,以及对与之相关的对弱者战胜强者
的期望。他认为,值得思考的是,"当然,他(布莱希特)改变了道
家思想的内涵;然而与我们的想象相比,他对原意的改变并没有那
么多"。[2]

　　这种说法十分慎重。因为再没有什么能像"斗争"这个概念
一般将布莱希特与列宁的教导和一生如此持久地联系起来,[3]也
再没有什么像反抗与斗争,甚至于主动干预历史进程的想法一般

---

[1]　安东尼·泰特娄,1970年,第376页。即便是1995年瓦尔特·辛克(Walter Hinck)
发表的小心翼翼而又发人深省的论文也令人惊讶地毫无保留地接受了这一观点,认为
老子的学说"与布莱希特关于阶级发展史的历史观完全背道而驰"。瓦尔特·辛克
(Walter Hinck):《智者与求知者》(Der Weise und der Wissbegierige),载延·科诺普夫:
《解读贝尔托特·布莱希特的诗歌》(Interpretationen. Gedichte von Bertolt Brecht),
Stuttgart: Reclam,1995,pp. 130-146。
[2]　安东尼·泰特娄:《恶的面具——布莱希特对中国和日本诗歌、戏剧、思想的反应;
比较与批判性评估》,第467页。参见安东尼·泰特娄:《中国或是仲国》,第42页。
[3]　例如参见他的作品《列宁去世之日大合唱》(Kantate zu Lenins Todestag),GBA 12,
第57—60页。

与老子的教导和实践形成如此强烈的对立。就算在德布林的道家小说《王伦三跃》和克拉朋特改写自李白的战争诗歌中，也没有一个话题能像无为与社会革命事业之间的对立一样引起如此激烈的争论。斗争与无为二者互不相容，就如同水火不容一般；这对矛盾不仅出现在中国传统文化中，也出现在德国的道家思想接受史中，从德布林到克拉朋特再到布莱希特的这首诗歌中都是如此。

这首诗歌与文集中周边文本的直接关系就已经使这种矛盾对立呼之欲出了。这首诗位于《斯文德堡诗集》的第三部分也是最核心的单元，①众所周知，布莱希特在此将古代和现代的阶级斗争故事都集中在了组诗《编年史》中。他们按主题可以再分成三组。第一组表现了无产阶级反抗资产阶级和法西斯主义的斗争，这里描写了"在俄亥俄州煤车"上牺牲的轨道巡视工迈克·麦考伊，揭露了联美船运公司货轮上的低薪盘剥，②还在《不可战胜的铭文》中写到一位社会主义战士将"伟大的列宁！"刻入了囚禁他的意大利监狱的墙壁上。《编年史》的第二组诗歌将读者引入不可战胜的列宁所开创的新世界中。这里有一篇"纪念十月革命20周年"的诗歌，另一篇则讲述了"库杨-布拉克③的地毯织工尊敬列宁"

---

① 关于诗集的产生和全书的结构，参见延·科诺普夫：《偶然：诗》，第151—198页。
② 参见诗歌《工人们拆除阿拉斯加号船》，GBA 12，第57—62页。
③ 库杨-布拉克是中亚南土耳其斯坦（南突厥斯坦）地区的一个小村庄。——编者注

（就如中国人在《礼貌的中国人》里"尊敬"他们的智者一样）；既有
赞颂"莫斯科工人阶级于 1929 年 4 月 27 日接管地铁"的激昂诗
句，也有讨论"社会主义建设的高速度"时带有钦佩与善意的揶
揄，还有对"伟大十月"的歌颂。最后，对世界各民族流传下来的
传说材料进行的批判性修正构成了第三组诗歌：有关于"恩培多
克勒之鞋"的报道，有并非来自古代印度而是借用自一部同时代小
说①的"佛陀关于火烧房子的寓言"②，还有"老子流亡路上著《道
德经》的传奇"。开启这一单元的"一位读书工人的疑问"教导读
者在阅读古代史书时要逆向思维；在描述"拜访流亡诗人"的梦
时，作者本人遇到了奥维德、但丁、维庸③和李白的同时代人
杜甫。④

　　只有一首诗是与这些历史唯物主义诗歌的教导纲领背道而驰
的，那便是老子的传奇。因为这位半神话的人物与佛陀、奥维德都

---

① 　出自丹麦文学家、1917 年诺贝尔文学奖获得者卡尔·耶勒鲁普（Karl A. Gjellerup，
1857—1919）的小说《朝圣者卡马尼塔》（*Pilgrimmen Kamanita*，1906）。
② 　《老子》与《佛陀》两诗间的关系并非仅仅是在《斯文德堡诗集》的《编年史》单元中
相互毗邻这么简单。布莱希特在阅读卫礼贤译本时就已经了解到：在传说中，老子出
关后到达了印度，并且在那里点化了佛祖。由于佛道两家在思想上的相似性，不光是卫
礼贤，早在 19 世纪，翻译家、汉学家就已经在讨论《道德经》是否为"后世佛教徒所伪
造"。不管布莱希特对这一讨论了解多少，《佛陀》一诗的结尾一句都显示，布莱希特写
下《老子》一诗时所涉及的问题也被他带入了佛教氛围中。
③ 　奥维德（公元前 43—公元 17 年），古罗马诗人。但丁·阿利基耶里：意大利著名诗
人（1265—1321），代表作：《神曲》。弗朗索瓦·维庸（François Villon，约 1431—1474）：
法国中世纪最杰出的抒情诗人。
④ 　GBA 12，第 32—34 页。

完全不同——他被介绍者明确地称为"老师"。而引人注目的是，这个词在《斯文德堡诗集》中的使用恰恰是受到严格规范的。列宁可以被称为革命导师（"在工人阶级的心中／列宁被奉为伟大的老师"），高尔基也可以被这样称呼（"人民的老师／人民教育了他"），①再就是被驱赶去流亡的斗士们，他们作为"被流放的老师"在布莱希特的梦中就居住在"被流放的诗人们"旁边，只不过是在各自独立的"小屋"中②——此外再没有别人，除了老子。但他在这个老师的集体中到底要追寻什么呢？

他的学说以及以此为指引的行为难以为他在这一群体中的存在提供理由。因为，从诗歌的第一节开始，这位智者便用行动解释了他关于水的比喻所带来的是怎样一种哲学。鉴于这种经验，当国中"善良重衰"时，他几乎是逐字逐句地遵循了《道德经》描述为"上善"的东西：

上善若水，

水善利万物而不争，

处众人之所恶，

---

① GBA 12，第 60 页。
② 参见《拜访被流放的诗人》，GBA 12，第 35 页。

故几于道。(《道德经》第 8 章)①

这位智者没有抵抗恶,而是选择了逃避。面对国中邪恶力量的得势,他没有进行抵抗,而是像流水一般绕道而行,去寻找"宁静"——正如《道德经》第 31 章所说的"恬淡为上,胜而不美"——"恬静与和平"对这位道家智者而言才是"至高"的(而他也正是这样获得了胜利)。

从诗歌的标题可知,老子就这样走上了"流亡"(Emigration)之路。但通常情况下布莱希特都坚决禁止使用这个词——就在这部《斯文德堡诗集》中,在相隔不远的第六部分开头,他在诗中强调要区分"我们"——这些"逃亡"(flohen)的人和那些"出于自愿选择,选定另一个国家"的人。诗中写道;

关于"流亡者"的称谓

(Über die Bezeichnung Emigranten)

我总是认为,人们赋予我们的这个称谓是错误的:流亡者(Emigranten),

这无异于"移民者"(Auswanderer)。但我们

---

① 此外还参见《道德经》第 32 章结尾一句"譬道之在天下,犹川谷之于江海",相近的还有第 66 章"江海所以能为百谷王者,以其善下之,故能为百谷王"。

不是出于自己的决定,选定另外一个国家。我们

不是移居到一个国家,也许永远待在那里,

而是逃亡(flohen)。我们是被驱逐者(Vertriebene)、流放

者(Verbannte)。

收容我们的土地不是家园,而是流放地(Exil)。

我们如坐针毡,尽可能地靠近边境。

等待着回归故土之日的到来……①

在他的诗集中,与他一样遭到"驱逐"与"流放"的有奥维德和佛陀,有杜甫与白居易——布莱希特改编的《六首中国诗》(*Sechs chinesische Gedichte*)中有一半都出自他之手。就像谈论那些"被流放的诗人"②一样,布莱希特也这样谈论着他自己:"当我被驱逐,开始流亡时。"③[后来,他在给朋友、丹麦诗人卡琳·米歇艾丽思(Karin Michaelis)的信中写道:"我听说,中国诗人和哲学家习

---

① GBA 12,第81页。译者注:Exil 一词源于拉丁语中的"exilium"一词,意为流放、放逐、流放地。在塔希陀(Tacitus)的著作中,exilia 一词被用来指"被流放者"。借用这一古老的概念,布莱希特在此明确提出了"正名"的要求:必须区分开 Emigration("为逃避迫害而流亡")和 Exil("放逐、流亡")两个概念。布莱希特提出的倡议后来得到了流亡文学家的响应,1938 年后,德国流亡文学家逐渐用"Exilliteratur"取代早期使用的"Emigrationsliteratur"一词来表示德语中的"流亡文学"概念——或者更准确地说是"流放文学"。

② GBA 12,第35页。

③ GBA 14,第185—186页,这是该诗的标题和开头第一句。

惯于走上流亡之路,就像我们的人进入科学院一样。"①]因此,《斯文德堡诗集》作为收集流亡时期诗歌的作品集,它最初的标题、也是总纲就叫作《流放地的诗歌》(*Gedichte im Exil*)。

唯有老子,和所有其他在此可称为"老师"的人都不同——唯有他想"远离尘世的纷争"(《致后人》),移居出去便不再回来,自愿选择另一个国家,因而他不是被迫走向流放地(Exil),而是走上"流亡之路"(in die Emigration)。当那些被驱逐、被流放的人们焦急地等待回归故土的时候,他正愉快地又一次看到"山谷",等到"走上山路,又将山谷忘却"。他让一切都按照自身的轨道运行——甚至于连那头牛都可以自己决定速度,只有那位书童"引"着牛。他随身只带了一本"小书"和他的烟斗,此外便没有什么非带不可的了。

尽管他已是如此考虑周到,然而恰恰是小书和烟斗使这位流亡者与流亡丹麦的作者产生了惊人的相似。因为这两者都如此强烈地违背了历史,这意味着它们的出现绝不仅仅是为了在历史唯物主义者的文本中引起反感那么简单。中国日耳曼学者谭渊在他的博士论文中已经提醒研究者注意,"小书"在公元前5世纪的中国还不存在。② 而同样不会有多少的还有布莱希特照他"估计"为

---

① 该信写于1942年3月。GBA 12,第9页。
② 谭渊:《德国文学中的中国人——以席勒、德布林、布莱希特作品中的中国人形象为重点》,第241页。

老子打点在行装里的"白白面包"和烟草——实在没有比这更刺眼的了——那是 16 世纪时葡萄牙殖民统治者才带入这个国家的。

布莱希特肯定知道这些东西与时代不符,他更大程度上像是有意为之——从而在诗中不动声色地打下时代和自传的印记。[①] 烟斗,这位一无所有的人不能缺少了它,因为他"夜间常抽",可要是在古老的中国,他就不会有所需的烟草了;还有那本他天天要读的小书——它们像极了布莱希特 1940 年 7 月在诗中所描写的那些东西,几乎可以混淆起来,这首由施特芬收藏并流传下来的诗便是:

烟 斗

在向边境奔逃时,我将书留给了朋友,

因此我没有了诗。

然而我随身携带着我的烟具,

于是违反了逃亡者的第三准则:一无所有!

书并未告诉流亡者许多,

岂在等待着那些来将他抓捕的人。

---

① 原书注:尽管本文中提出这一点,但无论如何:首先明确提出该观点的应为谭渊。

> 而那小烟袋和老烟斗
>
> 将来还能为他贡献许多许多。①

借助于这些横生枝节乃至与历史相悖的细节，布莱希特使他笔下的传奇带有了诸多自画像的特征（创作及出版环境的因素本来就很容易将其触发）：他进入了那位道家智者的角色，那个从创作《巴尔》和《李太白》开始就陪伴他左右的人。他曾在卫礼贤译本前言读到老子出关时"厌倦了历史"②，而如今他自己也正是如此，所以当他在 1938 年对历史已经深感失望，并且对较晚才掌握的历史哲学解释感到难以承受时，早已熟稔的道家思想正好为他提供了减压的渠道——借用泰特娄的一句妙语来说就是："在黑暗年代的安慰与应许。"③

---

① GBA 12，第 33 页。
② 卫礼贤：《老子：道德经——老者的真谛与生命之书》，《导言》，1911 年，第 IX 页。
③ 安东尼·泰特娄：《恶的面具——布莱希特对中国和日本诗歌、戏剧、思想的反应、比较与批判性评估》，第 467 页。

列宁还是老子

这一切与革命导师列宁的智慧完全没有相通之处。水的流动和革命的行动在这里所指的是两种截然不同的模式。这一难点也令布莱希特自己绞尽脑汁——先是在与之相关的一些作品中,而后则是在《老子》这首诗当中。

在涉及道家思想和马克思主义之间联系的众多尝试中,《反转之书》①的重要性远远超出其他作品。自1965年乌韦·扬森(Uwe Johnson)编辑的身后之作出版以来,这本书就以《墨翟——反转之书》(*Me-ti. Buch der Wendungen*)而闻名于世。从表面上来看,这些产生于1934—1940年的作品片段与老子根本没有什么关系,更多的是与墨子的作品联系在一起——他开创的墨家堪称中国第三大哲学流派,但在儒道之争中一再被漠视,或者更确切地说遭到了儒家大规模排挤。

---

① 译者注:又译为《成语录》《反经》,近年来全部被译为中文,正式出版时被改名为《中国圣贤启示录》(殷瑜译,北京师范大学出版社2015年版)。

1922 年,阿尔弗雷德·佛尔克(Alfred Forke)翻译出版了这位特立独行、与儒家和道家都处于对立面的人道主义社会伦理学家墨翟(Me ti)的作品。① 它是布莱希特流亡丹麦时带在身边的为数不多的几本书之一。在出版《斯文德堡诗集》的那一年,布莱希特开始了剧本《四川好人》的创作,该剧有多处体现了《墨子》的影响。② 这部墨家的核心著作在那一时期显然正属于布莱希特所说的"不时要读"的"一本小书"。③

布莱希特把正在创作的这部作品命名为《反转之书》,无疑只是在泛泛地暗示书中运用了辩证思维的原则。但同时我们在所谓的墨子语录以及间或出现的《庄子》寓言背后还可以发现另一部中国传统经典,人类最为古老且在许多方面迄今为止都还最为扑朔迷离的书籍之一:智慧与预言之书《易经》。1924 年,卫礼贤出

① 阿尔弗雷德·佛尔克:《社会伦理学家墨翟和学生的哲学著作》(*Me Ti des Sozialethikers und seiner Schüler philosophische Werke*),Berlin:Vereinigung Wiss. Verl,1922,pp. 1–158;此外刊登于《柏林大学东亚语言学系通讯》(*Mitteilungen des Seminars für Orientalische Sprachen an der Friedrich-Wilhelms-Universität zu Berlin*),第 23/25 期副刊。墨翟这个名字在欧洲有很多种拼写方法,佛尔克使用的 Me ti 只是其中之一。
② 参见安东尼·泰特娄:《布莱希特的中国诗》,第 11—12 页。若要进一步了解可参考汉学家施寒微的论文《墨翟和贝尔托特·布莱希特的〈反转之书〉》(*Mo Ti und Bertolt Brechts » Buch der Wendungen «*),载施寒微译:《墨翟:上天对人之爱》,München:Diederichs,1992,p. 231。
③ 参见施寒微:《墨翟:上天对人之爱》,1992;汪美玲(Mei-Ling Luzia Wang):《贝尔托特·布莱希特的〈墨翟——反转之书〉里的中国元素》(*Chinesische Elemente in Bertolt Brechts »Me-ti: Buch der Wendungen«*),Frankfurt M.:Peter Lang,1990。在 1934 年写成的一篇文章(GBA 18,第 194 页)里,布莱希特就墨家思想明确写道:"它曾几乎完全被儒家排挤出去,在 19 世纪中又重新开始扮演了重要角色。"

版了由他详细点评的译本《易经——变异之书》(*I Ging: Das Buch der Wandlungen*),他写道:"《易经》这本书揭示了在一切变化之中发挥影响的永恒法则"——这正与《道德经》殊途同归:"这一法则就是老子所说的真理",也就是"道"。① 原来如此! 布莱希特显然就是由此接受了这部作品。

布莱希特在著作中也多次涉及了"万物常流"思想。如在论文《书写真理的五重困难》(Fünf Schwierigkeiten beim Schreiben der Wahrheit)中,他就明确将其与欧洲的历史哲学联系到了一起。在这篇写于 1934 年的文章中,辩证法本身就与"万物常流"思想融为了一体:

> 特别强调事物的短暂易逝——这种观察方式是鼓励受压迫者的上佳手段。这样一种观察方式(如辩证法、"万物常流")可以运用于研究那些暂时摆脱了统治者的对象。②

这些话让人联想起马克思在《资本论》前言中所用过的流水

---

① 卫礼贤译:《易经》(*I Ging*),Jena:Diedriechs,1924,p. VIII。GBA 第 18 卷(第 493 页)上的点评以及阿尼雅·费得森(Annya Feddersen)在《布莱希特辞典》(第 37—38 页)上的文章都明确指出了这一联系,两处都提到了卫礼贤译著的名称,但他们都只提到了作品与儒家传统之间的关系。
② GBA 22.1,第 87 页。与之相近的还有 1930 年的一则笔记,他强调了"现实处在流动之中"(In-Fluß-Sein der Realität),见 GBA 18,第 517 页。

意象:辩证法足以解释"奔流的大川中每一种变化的形态",同样也让人联想起《老子》一诗中与税吏的那番对话,甚至还会让人想到与之截然相反的列宁对革命行动的坚持。如此看来,布莱希特至少有一段时间找到了马克思与老子的联结点,而却与列宁背道而驰。

在《反转之书》中两篇同样可以确认为写于1934年的文章里,这一思想首先与十月革命"伟大转折之前"的托子(即托洛茨基在书中的化名)的观点联系起来,而后出现在关于活物质与死物质相对性的思考中,这两段文章都被冠以《论万物常流》的标题,[1]而另一篇有些令人费解的笔记干脆就提到了《墨翟——万物常流之书》[2]——这表明,有段时间中布莱希特可能斟酌过,将这本如今命名为《反转之书》的作品干脆用那个从赫拉克利特、马克思辩证法和老子无为思想中引申出来、历史悠久的世界公式来命名。

与之截然相反的是,布莱希特将一段文字冠以《万物常流思想的危险性》并且警告道:

> 发展理论的追随者常常漠视已有的事物。认为一切都会

---

[1]　GBA 18,第73—74页。评注明确地将赫拉克利特和老子作为思想源头。
[2]　GBA 18,第499页。在目前的GBA历史考据本中,该笔记被归于《在伟大的人民群众身旁》标题之下。同一页上的评注则基于某种不为笔者所知的理由,认为它可能只是《反转之书》中某一章的标题。

消逝的观点使他们觉得事物无足轻重……但如果不是受到逼迫,又有什么东西会消逝呢?①

把"万物常流"学说吸收进历史哲学思想的尝试与道家思想传统之间还存在着一道明显的鸿沟。与历史哲学的蓝图不同,《道德经》从根本上讲有一种非历史,甚至是反历史的时间观念,它既无源头也无目标,而且也无法与欧洲式"循环—线性"的对立思维完全对应起来。这种意义上的"万物常流"可以引发极具深远影响的变化:坚硬的石头被搬走,最上面的被推到了底层,柔弱的变得强大。但无论它如何发挥影响,这都不是永恒的。永恒的只有它本身,隐身在万象更新之中。② 不变的只有流动,它令万物生成又再度消逝。

另一方面,一个严格的历史辩证法模型要发挥作用,就必然常常与道家思想发生抵触。考虑到他对自己发出的警示:"如果不是受到逼迫",就没有什么东西会消逝,布莱希特改变了从中国经典中发掘出来的书名,使《变易之书》(*Buch der Wandlungen*)成为具有辩证唯物主义色彩的《反转之书》(*Buch der Wendungen*),并将

---

① GBA 18,第 113 页。这段文字创作时间不详,大约成文于 1934—1940 年。见 GBA 18,第 536 页。
② 关于在道家思想中占有核心地位的这种永恒原则参见德博:《道德经——关于道路与品德的圣书》,第 5 页。

其归于社会伦理学家墨翟的威名之下。历史哲学的自我修正以同样的修正方式将道家思想的挑战纳入了正轨，这在该书中以及此后对错误的"万物常流"思想的批判中都一再被重复。

但恰如布莱希特笔下其他涉及道家的作品一样，两者间的鸿沟并未就此被抹平。再没有人比布莱希特对此更为明察秋毫、深思熟虑了。他在1933—1934年间写道，不能以一种旁观者的接受方式将"万物常流"学说赶出门去，它更应当促使行动干预成为可能：

> 他们的万物常流学说
>
> 不只是说所有东西都在流动，也涉及它们如何流动
>
> 以及如何使之流动起来。①

这恰恰是《道德经》的高明所在，因为柔水总是处在运动之中。根据老子的解释，"道"是这样的：

> 周行而不殆……

---

① 来源于布莱希特档案馆中未公开发表的手稿(1933/34)，此处转引自《布莱希特手册》第2卷第301页上安东尼·泰特娄的文章。安东尼·泰特娄的评论认为，布莱希特在这篇笔记中强调了"赫拉克利特、道家以及佛教所说的事物的主动流动"之间的区别，但是笔者无法从文中读出这层含义来。

　　　　强为之名曰大。

　　　　大曰逝，逝曰远，远曰反。①

　　这种无法阻挡、循环不息的原动力恰如其柔弱一样属于它本质的一个部分。布莱希特很清楚这一点，他的诗句"柔弱之水……奔流不息"也完全恰如其分地再现了这一点。

　　布莱希特要想在《斯文德堡诗集》中将他的道家传奇融入作为榜样的列宁、斯大林式的建设、俄亥俄州的阶级斗争所构成的语境，他就必须从另一个地方开始自我修正。这一点他做到了，其结果是：为使智者甘愿从牛背下来并写下《道德经》，他的诗歌现在包含了两个截然不同，甚至可以说是相互竞争的主题。一方面，诗中的流亡者具有道家顺其自然的精神，他不会去对抗阻碍，因此也不会去对抗一位固执的"关令"。他不愿拒绝一个"恭恭敬敬"的"请求"，不过是另一种形式的顺其自然：

　　　　此番请求，恭恭敬敬，

　　　　老者老矣，岂能推却。

---

① 《道德经》第 25 章，还可参见《道德经》第 4 章。

另一方面,蓦然回首间,他赫然发现,眼前这人同是天涯沦落人,于是从起初的漠视转向了积极的团结:

啊,致胜之道,恐无他份,

由是喃喃:"你亦欲晓?"

手稿第 9 节及相关改动

　　布莱希特曾对看上去已然结构严整的诗歌初稿进行了一项重要改动,使主题之间的竞争得以呈现,而这又引发了一系列细微、但其影响却不容忽视的变化。我们来读一下玛格丽特·斯特芬 1938 年 5 月 7 日在位于斯科博海滩的丹麦草棚下为布莱希特誊写的清样,且不去看上面那些新添加的以及作者亲笔修订的地方,会发现除去上面通篇的小写字体外,它与我们所熟悉的文本间也有着意味深长的差别:①

老子流亡路上著《道德经》的传奇

　　1.

　　当他年逾古稀,身体羸弱,

---

① 　安东尼·泰特娄(《如何理解布莱希特身上的影响》,第 378—383 页)曾对该手稿及其修订进行过分析。可以确认的是,除了用打字机进行的修改外,手稿至少还留下了三轮修改的痕迹(墨水、铅笔和红笔)。为表示强调,打印每一节的序号时使用了红色打印带,手工加入的 X(标明后补充的第 9 节所处的位置)也是红色。下文对这些修改细节将不作深入讨论。

期盼宁静之心，迫切涌动，

但因国中善良，再度衰落，

邦内邪恶①逞凶。

老师系紧鞋带，踏上旅途。

2.

打点行囊，取他必备，

所要不多，也需这那，

像那烟斗，晚间常抽，

一本小书，天天要读，

白白面包，估计只需寥寥。

3.

再见山谷，心复欢快，

得上山路，又将山谷忘怀，

见到青翠，牛儿欢喜，

驮着老者，又把鲜草咀嚼，

步儿不快，老者已觉够好。

---

① 手稿中加入"复又"两字，最终发表版本为："邦内邪恶，复又逞凶。"

4.

上路四天，巨岩夹道，

一名税吏，拦住去路：

"可有宝货？须得上税。"——"没有。"

引路①小童，代为作答：他曾教书。

如此一来，一清二楚。

5.

小官心中，却起涟漪，

兴奋追问："他可搞出什么名堂？"

小童言道："柔弱之水，奔流不息，

日复一日，战胜坚硬岩石②，

刚强居下，你定懂得。"

6.

小童赶牛，又上旅途，

暮色未沉，仍需赶路。

---

① 手稿中改为"引牛"。此句最终发表版本为："引牛小童"，并在"他曾教书"四个字上添加引号。
② 此句在手稿及最终发表版本中改为："日复一日，战胜强石。"

幽幽松间,三影渐隐。

小官心中,灵光忽闪,

扬声高叫:"嘿,你! 站住!"

7.

"敢问老者,你那柔水,有何奥妙?"

老者驻足:"你感兴趣?"

那人言道:"我虽关令,

谁战胜谁,亦想分明。

你若知晓,便请道来。"

8.

"你若懂得,就需教导我们,①

这般玄机奥妙,怎可如此带走。

若论纸墨,此处亦备,

寒舍在旁,亦可住宿。"②

如此,便是承诺。③

---

① 此句在手稿及最终发表版本中改为:"快快给我写下! 就叫书童笔录!"
② 此句在手稿及最终发表版本中改为:"寒舍在旁,晚餐亦有。"
③ 此句在手稿及最终版本中改为:"夫言至此,意下如何?"

9.

此番请求，恭恭敬敬，

老者老矣，岂能推辞。

低声喃喃："问者理智，当得答复。"①

书童亦言：天也将冷。②

你就在此小住。③

10.

于是智者，翻身下牛，

老少二人，奋笔疾书，

税吏备饭，④每日伺候，

斥责属下，更只低声。⑤

如此七天，大功告成。

11.

书童敬献，⑥

———————————

① 此句在手稿及最终发表版本中改为："朗声言道：'问问题者，当得答复。'"
② 此句在最终发表版本中添加了引号，即"天也将冷。"
③ 此句在手稿及最终发表版本中改为："那好，就此暂且小住。"
④ 布莱希特在手稿中将此句改为"税吏备晚饭"，但最终发表版本仍为"税吏备饭"。
⑤ 此句在手稿中多次修改，最终发表版本改为："咒骂私贩，亦只低声。"
⑥ 手稿在此句之前添加"这日清晨"，最终发表版本为："这日清晨，书童敬献。"

八十一篇,警句箴言。①

老人骑牛,绕过松林,隐入山间。②

若论礼数,谁人能及?③

12.

然而,一切赞颂,不当只归智者!④

他的大名,已在书上闪烁!

一份感谢,亦应归于税吏,

智者智慧,也须有人求索。

是他,求得智慧硕果。

斯文德堡,1938 年 5 月 7 日

布莱希特将其视为一首已经完成的诗歌:他用 1 到 12 的数字对各节进行了编号。这也就是说,描写老子认出税吏是其同路人的第 9 节在诗人最初写下这首诗时并不存在。后来,布莱希特在第 8 节之后用一个"X"标出了有补充必要的地方,新补入的第 9

---

① 在此句之后,手稿及最终发表版本中均添加一句:"亦谢税吏,小赠程仪。"
② 此句同手稿中一致,但最终发表版本中改为:"主仆二人,绕过松林,隐入山间。"
③ 手稿及最终发表版本中,"若论礼数"之前添加"敢问世人"。
④ 手稿及最终发表版本中,"!"均改为","

节以“你亦欲晓?”作为结尾,写在另一张标有“X”的纸上:

X

老者侧头,打量来人,

袍钉补丁,足无敝履。

一道皱纹,深印额头,

啊,致胜之道,恐无他份,

由是喃喃:“你亦欲晓?”

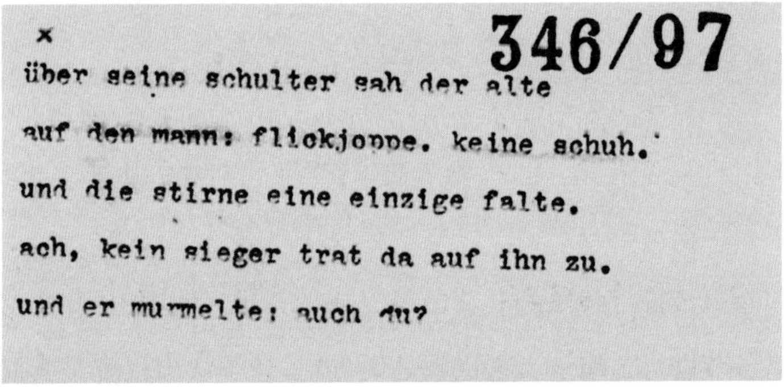
346/97

x

über seine schulter sah der alte

auf den mann: flickjoppe. keine schuh.

und die stirne eine einzige falte.

ach, kein sieger trat da auf ihn zu.

und er murmelte: auch du?

图十四　布莱希特手稿中最后补入的第9节
（布莱希特档案馆BBA346/97号档案）

伴随这一新增诗节的是一系列改动。布莱希特让流亡者在失意者身上看到了自己的同路人,同时也在此进一步突出了导师和那位求教者在社会地位上的落差,故事中高贵的“关令”——这一概念在第 7 节中都还保留着——变成了卑贱的"税吏"。① 他在布莱希特的初稿中还非常明确地斥责着"属下",而现在他只是在咒骂"私贩"。与之相反,加工后的"老师"充满自信地呈现在我们面前,成为积极的干预者。原诗中为老人"引路"的书童变成了"引牛"书童——因为尽管"无为"的倡导者可以毫无反抗地让一个小童引领他,但是一位信心十足的行动者和掌控全局的哲学家却不能如此。起初,在手稿里,道家的智者必须要乖乖听从指令:"你就在此小住。"对于要他中断旅行的命令,他的反应是毫不反抗。而在修改稿中他不再是沉默地顺从,而是慷慨而明确地就推迟旅程作出抉择:"那好,就此暂且小住!"

这一修订彻底改变了事情背后的动因,出于无为原则的礼貌现在变成了知识分子与社会上失意者的团结合作,道家传说中两位高级知识分子之间的交往仿佛变成了一个呼之欲出的政治比喻:知识分子与工人阶级之间的联合,将这首诗歌视为这样一个比喻也正是解读中的主流看法。据此看来,落入邪恶掌控的"邦国"无疑代表着希特勒的第三帝国,税吏代表着无产阶级,流亡路上的智者代表着流亡人士,他们现在与无产者处在同一地位上。"你亦欲晓?"这一句极其简洁地表达了这一思想,紧随其后的是

---

① 安东尼·泰特娄(《如何理解布莱希特身上的影响》,第 381 页)最先指出了这一点。布莱希特在更早的笔记中所用的是"边关守卫"一词。

表示团结的具体行动："于是智者,翻身下牛。"而现在谁要是愿意的话,就可以从第 7 节的"谁战胜谁"里解读出一个经过掩饰的引用:列宁的著名公式"谁——谁",它所指的是"阶级斗争中的关键问题",最早是列宁于 1921 年 10 月 17 日在演讲《新经济政策和政治教育委员会的任务》中提出的。①

布莱希特新加入的这个动机似乎颇具阶级意识,不过,看上去他似乎忘记了以此来取代前一个道家思想动机。他让其保持着原样,同样保持不变的还有标题所用的"流亡"一词,老子的逃避和逆来顺受,还有老子对故乡的遗忘以及他关于流水的学说。现在,布莱希特在《传奇》中到底用什么引领着老子:道与无为——还是富有斗争精神的、主动干预的文学?刘一位同样不会"致胜之道"但却应该知道未来属于自己的人而言,他应该将《道德经》展现为教人"遗忘"的教科书——还是团结呼吁书和行动的指南呢?

---

① 　西尔维娅·史棱斯特德(Silvia Schlenstedt):《〈斯文德堡诗集〉中的"编年史"——布莱希特诗歌研究》(*Die 》 Chroniken 《 in den 》 Svendborger Gedichten 》. Eine Untersuchung zur Lyrik Brechts*),博士论文,柏林(民德)(Berlin/DDR:Dissertation),1959,第 127 页。另参见波内特(Christiane Bohnert):《语境中的布莱希特诗歌——组诗与流亡》,第 101 页;延·科诺普夫的注解,GBA 12,第 368 页;延·科诺普夫:《偶然:诗》,第 159 页。译者注:1921 年 10 月 17 日,针对新生苏维埃政权所面对的国内外反动派的疯狂反扑,列宁就无产阶级革命斗争中的政治教育工作曾发表以下演讲:"全部问题就在于:谁跑在谁的前面?资本家如果先组织起来,他们就会把共产党人赶走,那就什么也不用谈了。必须清醒地看待这些事情:谁战胜谁?……必须清楚地了解斗争的这个实质,并且使广大工农群众清楚地了解斗争的这个实质:'谁战胜谁?谁将取得胜利?'"列宁:《新经济政策和政治教育委员会的任务》,《列宁全集》(第 2 版)第 42 卷,人民出版社 1987 版,第 180—201 页。

如果进一步仔细观察的话,我们可以发现:同样,老子自己所扮演的两个不同角色实际上也难以兼容。《道德经》里说:"学不学。"(第 64 章)——谁要想理解它的学说,就不能仅仅将它作为学说来理解。也就是说,谁要想真正领悟老师的学说,就必须马上忘掉它。相应地,他要尊重老师,就应当忘记老师本人。(但那个随行的书童已经忽视了这一矛盾的规则:他将师父的学说理解得如此透彻,以至于他面对提问者能够做到对答如流。)就在布莱希特使用的原始资料的第一页上,即《道德经》德译本的导言部分,卫礼贤摘录了司马迁文章的一句话:老子"其学以自隐无名为务"。[①] 在《列子》中,孔子在提到这位奇特的圣人时也说:"荡荡乎民无能名焉"(《仲尼篇》)。这与《道德经》本身的主张是相辅相成的:

古之善为道者,微妙玄通,深不可识。(第 15 章)

这位智者完全无须通过语言和文字来传授他的智慧,而只需要做出"顺势而为"的榜样就行了——说到底就是:通过他的隐

[①] 卫礼贤在探讨老子的历史真实性时指出:"后世的评论家将老子连同他的著作都归入神话之列。按照老子的性情,就算他知道也不会出来反对。他从不把出名放在心上,他懂得如何躲开世人的眼睛,无论是在世时还是去世之后。……老子从没有像孔子一样想要建立自己的学派。他对此既无兴趣也无时间,因为并不看重自己学说的传播。"卫礼贤:《老子:道德经——老者的真谛与生命之书》,《导言》,第 9、18 页。

遁,通过他的消失来传授。当老子作如下解释时,我们就应当想到
这一点:

> 是以圣人处无为之事,行不言之教。(第 2 章)
> 知者不言,言者不知。(第 56 章)

但不管怎么说,最简洁的解释还是来自第 27 章:"善行无辙
迹,善言无瑕谪。"

正如我们之前看到的,这一矛盾在布莱希特关于《礼貌的中国
人》的轶事里就已经涉及了。当然,那里只是将问题表述出来。而
现在他却试图通过文字来把握道家的准则。他关于这首诗的第一
份笔记向我们展现了这一点。在一张记录着吉光片羽灵感的纸片
上,标题"与边境巡视员的对话"下面画了着重线,其中两行诗句
构成了"老师"的道家学说核心:

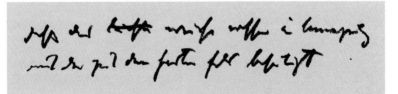

图十五　布莱希特档案馆 BBA353/72a-b 号手稿局部

柔弱①之水，奔流不息，

日复一日，战胜硬石。

在这两行话下面紧跟着一段笔记，看得出与老子、书童和税吏三人间的对话有关，它记录下了与这一学说相对应的实践：

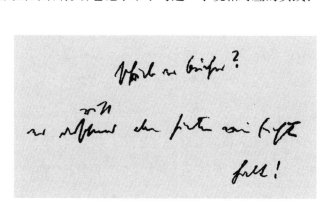

图十六　布莱希特档案馆 BBA353/72a-b 号手稿局部

他写书吗？

想

他刚消失在一棵杉树后

站住！

---

①　最初为"轻轻"，后划去。

谁要是向流水学习,就不应写书,而应消失在山中,不留足迹——然而却有人拦住了他的去路。就如坚硬的石头挡住了流水。

在正式出版的诗中也可以发现同样的趋势,第 2 节中就写道:老子"再见山谷,心复欢快;得上山路,又将山谷忘怀"。布莱希特的诗时刻谨记着"无辙迹"的告诫,实际上这首诗(除了标题外)并没有提到过"老师"的名字,而是像汉学家一般严谨地采用了"老"和"子"转写形式——"老者"和"智者"来加以替代。从这一点来说,诗歌的结尾就更令人吃惊了,因为在税吏插手后,它居然违反了老子自己的学说。诗的最后一节忽视了老子"自隐无名"的追求——相反却让他的"大名"在"书上闪烁",同时还"赞颂"了智者和税吏。这一角色设计明显前后不一。两个角色完全南辕北辙,一位是与受压迫者团结一致、并肩战斗的流亡者,他撰写的课本使其学说和名字都声名远播、永垂青史,而另一位则是自隐无名、忘却一切的"流水"大师,他唯一要做的就是无为,追求的目标是大道循环中的安宁。

这对矛盾没有在诗句所讲述的故事中得到解决——然而却在它讲述的方式上获得圆满解决。这决定性一步的玄机便隐藏在文本的表层:诗歌的"节奏技术"中。

道的诗韵

我们来回忆一下：布莱希特 1920 年在阅读德布林的《王伦三跃》时发现书中"一切都处于运动中"，紧接此句，布莱希特加上了一段关于创作风格的点评：

> 其动词艺术在技巧上极其强烈地感染了我。动词是我的最弱项，我花了很长时间想去弥补……现在，我从中受益匪浅。

这段笔记描绘出了德布林小说美学的核心。布莱希特称为"动词艺术"的，其实是多种叙事流程的总和，其总体目标是要使叙事充满强大的动感，因此在动词的运用上体现得格外明显，不断变换的视角和感官印象汇成洪流，使一切固着的事物都"液化"起来。作家时而有意运用各种时态的动词塞满大片段落，令人目眩神驰，时而拉长对瞬间的刻画，形成特写效果，定格在广阔的全景镜头,再一级级地加速快进,在悖论的表面下,时间就此取消,当下不再流逝:仿佛是道本身的显现。道家思想加修辞艺术——产生于这一语境的不仅有布莱希特关于写作技巧的笔记,还有他在朋友华绍尔向他介绍老子时的感受:"老子与我契合得如此丝丝入扣,令他惊讶不已。"现在让我们谨记这一提示,更为精细地审视一下这首诗的写作技巧:那细看之下具有"极其强烈"感染力的韵律文化。

对于斯文德堡流亡时期的布莱希特来说,形式上的严格绝非出于美学上的消遣,而是生死攸关的问题。他所卷入的那场文学—政治论战虽然被轻描淡写地说成"表现主义之争",但却使布莱希特面临着与同志们疏离的后果,危险已迫在眉睫。延·科诺普夫指出,《斯文德堡诗集》的整个构思都可以追溯到那次论战。早在1934年,乔治·卢卡契(Georg Lukàcs)发表在《国际文学》杂志的文章《表现主义的伟大与衰落》(*Größe und Verfall des Expressionismus*)就为论战埋下了伏笔,1937年9月,克劳斯·曼(Klaus Mann)关于戈特弗里德·本(Gottfried Benn)的论文终于点燃战火。在此后的一年,论战达到高潮,主战场就是由布莱希特本人与威利·布莱德尔(Willi Bredel)、里昂·福伊希特万格(Lion Feuchtwanger)共同出版的流亡杂志《发言》(*Das Wort*)。这本杂志在莫斯科出版发行,而斯大林时期的肃反扩大化早已使这座城市笼罩在恐怖气氛之中。①

在这场论战中,布莱希特发现自己与"社会主义的现实主义"
(一种严格的斯大林主义模式)的追随者站在对立面上,他们要么
像卢卡契一样将所有"形式主义"的写作方式都谴责为对政治路
线要求的偏离,要么就像阿尔弗雷德·库勒拉(Alfred Kurella,笔
名伯恩哈德·齐格勒/Bernhard Ziegler)在《发言》中所做的那样,
将表现主义贬低为必将走向法西斯主义的文学运动。布莱希特虽
然早已知道自己为什么会流亡丹麦而非苏联,但这时候他才发现,
自己已经被一些最亲密的同志嘲笑为"形式主义者"和"失败主义
者",并被那些他称为"莫斯科派"的人排除在政治上可以信任的
"战士"行列之外了。②

因此,他有充分的理由抓住一切机会努力进行自我修正,不仅
是为了保证自身艺术生命的延续,也是为了政治生命乃至肉体生
命的延续。他非常小心翼翼地克制着自己在论战中的公开表态,
同时又狡猾地将道家的视角设计成在这个年代显得无比纯粹的形
式主义,使得那些既不知道老子崇拜背后的表现主义渊源又对诗
句韵律的语义内涵一窍不通的读者,面对摆在他们面前的白纸黑

---

① 延·科诺普夫:《偶然:诗》,第 143 页。有关时代环境另参见弗兰克·特罗穆勒
(Frank Trommler):《德国的社会主义文学——历史概述》(*Sozialistische Literatur in
Deutschland. Ein historischer Überblick*),Stuttgart:Kröner,1976,页 595—677,关于卢卡
契与布莱希特尤其参见该书第 645—660 页。
② GBA 26,页 316;参见延·科诺普夫:《偶然:诗》,第 142—143 页。

字却成为睁眼瞎——而这竟是在表现主义之争处于风急浪尖的关头，并且还与卢卡契 1934 年发表的文章一样刊登在了莫斯科的《国际文学》杂志上。《老子》传奇的伪装不知要比《反转之书》高明多少，也恰恰是基于这一原因，它比后者更加适合出版。

仅就外在形式而言，《老子》一诗在《斯文德堡诗集》中也堪称出类拔萃。在《编年史》部分，它是唯一一首通篇押韵并且按照诗篇格式进行分节的。布莱希特将每五行作为一节，每行又均采用五步扬抑格（Trochäus）押韵，通篇严守这一格式，几乎堪称经典。我们不难想到，之所以采取这种形式，是与在诗韵讨论中经常被（包括布莱希特自己）强调的一个话题紧密相关——无论是在德语中，还是在英语、荷兰语，抑或是在斯堪的纳维亚诸语言中，五步抑扬格（Jambus）和扬抑格写成的诗句都被认为是最为"流畅"的，同时，这种五步扬抑格中依次排列的重读音节和非重读音节还构成了一种"下落式"的变体形式。人们还可以联想到，"五"无论是在《道德经》还是在整个中国古典哲学中都是一个神圣的数字，既代表宇宙运行的原则，同时也是人体、历史、自然中的不二法则。人有五官，手有五指，宇宙起源说中有五行元素，而在传说中它们则被拟人化为远古的五帝。[①] 同样，老子学说中有五色、五味和五

---

① 详见沙畹（Edouard Chavannes）的《史记》法语译本前言（Paris：Leroux，1895，Vol. 1，p. CXLIII）。

音,而儒家传统下的司马迁也同样持此见解。

这些格律的度量衡从没有像在布莱希特这里一样变得如此重要。20 世纪很少有诗人像他这样大规模地研究韵律问题,而他自己也再没有像创作《老子》一诗时那样深入研究过韵律学。作为一位剧作家,布莱希特发展出了一套"姿态语言",并在戏剧理论和剧场实践中加以发扬光大。① 此外,在稍后发表的论文《论不规则节奏的无韵诗》(Über reimlose Lyrik mit unregelmäßigen Rhythmen)中,他提出了自诞生之日起就被广为讨论的概念:"姿态节奏",②这篇论文也是他从自己角度出发对"表现主义之争"所作的间接回应。这一概念所指的是一种——要在口头朗读中才能完全呈现出来的——"自然的语流"和韵律结构中有迹可循的"做作"二者之间的对立关系。正是这种"陌生化"的、不让人一眼便能感受到的艺术性,对布莱希特而言至关重要——用他的俄国形式主义老师的话说就是"使其陌生化""使其形式上困难化"(ostranénie)。③ 基

---

① 参见赫尔穆特·海因策(Helmut Heinze):《布莱希特的姿态美学——一种重构的尝试》(Brechts Ästhetik des Gestischen. Versuch einer Rekonstruktion),Heidelberg:Winter,1992;另见汉斯·马丁·里特尔(Hans Martin Ritter):《贝尔托特·布莱希特的姿态原则》(Das gestische Prinzip bei Bertolt Brecht),Köln Prometh,1986。布莱希特还在《反转之书》中的短文《论文学中的姿态语言》(Über die gestische Sprache in der Literatur)中论述过"一种既具有风格同时又自然而然的说话方式"。GBA 18,第78—79页。
② GBA 12.1,第357—364页。
③ 这首先是由维克多·斯特拉文斯基(Viktor Sklovskij)1916 年在其开创性的论文《艺术作为过程》中提出的。此处转引自尤里耶·斯特里特尔(Jurij Striedter)编:《俄国形式主义——普通文学理论及散文理论读本》(Russischer Formalismus. Texte zur allgemeinen Literaturtheorie und zur Theorie der Prosa)第 1 卷,München:Fink,1969,p. 15。

于这种想法,布莱希特批评了五步抑扬格诗中无韵律诗句的"油滑",而赞扬了施莱格尔(August Wilhelm von Schlegel)和蒂克(Ludwig Tieck)翻译的莎士比亚戏剧,因为作品尽管采用了规则的韵律,但因可读性差,故此朗诵起来反而"更为有力";①此外他还在后期的一篇笔记《克洛普施托克诗歌的朗读》(*Sprechen der Klopstockschen Verse*)中提出了类似的意见。② 但无法回避的是,《老子》一诗既非无韵律,亦非"不规则节奏",反而通篇都格律严整。所有 13 个诗节的前四行都采用至少有五个起伏的扬抑格,最后再加上一个采用四步扬抑格的第五行作为结束,而这一行从句法上讲则是独立的。韵脚则全部遵照 a-b-a-b-b 的格式。正是这种格式上的清晰明了才使得诗中出现的偏差难以被忽略掉,它们无一例外都仅仅只是使个别诗句显得不够完整或过度完整——对严整的规范而言却是一场颠覆。

再重数一遍。这首 13 节的诗歌共有 65 行,每节诗歌的最后一行都是四步格;剩余的 52 行诗句中有 35 行是规则的五步扬抑格,而其余的诗句则没有遵循音韵的框架:7 行诗句为六步扬抑格,6 行诗句为七步扬抑格,3 行诗句甚至有八个上扬音。为了求得规范与偏差之间的微妙平衡,布莱希特曾颇费心机。在布莱希特档

---

① GBA 22,第 358 页。
② GBA 23,第 175 页,大约写于 1951 年。

案馆保存的一张草稿纸上，布莱希特曾用红笔写下关键字"道德经起源"，又在旁边用短横线和斜线草拟出了第一段诗歌的韵律格式。

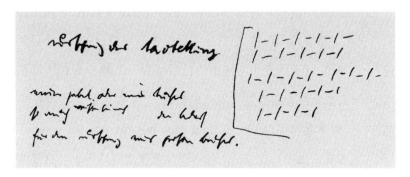

图十七　布莱希特档案馆 BBA353/72a-b 号手稿局部

经诗人亲手修改过的草稿还揭示出他最初想在多大程度上精心打破诗歌自身所唤起的规则感。第 11 节中有一行诗句含有不少于九个上扬音，几乎达到作为基础格律的五步抑扬格的两倍。所以它听起来是这样的：

书童交给税吏

八十一章警句。

然后老者骑在牛上，转过松林，隐入山中。

(und dem zöllner händigte der knabe

81 sprüche ein.

Und dann bog der alte auf dem ochsen um die föhre ins

gestein.)

从记载在草稿纸上的这个试验里很容易看出或听出，布莱希特有意扰乱了格律的一致性，而它原本是很容易维持住的（这恰是关键）。在这里，常规的五步抑扬格诗行后接着一个减少为四步抑扬格的短行，但紧接着便是与之对立的极端，一个拉长到九步抑扬格的诗行。原本此句可以简化为"und dann bog der alte ins gestein"（然后老者转入山中），这样一个按格律规范建造的诗行不会有任何麻烦，不会造成句法上的紧张，也没有任何信息缺失。老子"骑在牛上"对每个读者来说都是不言自明的，因为前文经提过，同样，前面提到过道路从松林蜿蜒而过，原本也无须再赘述。这两者都并非具有特殊意义的信息，而只是对诗句的流畅起到特定的延宕作用，并从多余韵律的母题中折射出自己来：在听觉上，拖长的节奏缓慢得如同懒洋洋咀嚼着草的牛，而产生的阻碍则如同拦在路上的松树。

所有诗句相反都是可以按照规则找到替换构造的。例如布莱希特先写下了"aber wer wen besiegt"（但谁战胜了谁），然后他又将三音步扬抑抑（重轻轻）格（Daktylus）的"aber wer"（但谁）改成了节奏上更为符合规则的"doch wer"（然谁）。从语义上讲无须重读，但根据韵律规则需要重读的诗行开头"es gibt doch papier bei uns"（我们也有纸张），被改为了韵律上更为清晰的"da gibt's doch papier bei uns"（若论纸墨，此处亦备）。当一个非重读的"e"挡在两音步扬抑格的路上时，布莱希特采用省略元音的方式避免了变换韵脚的麻烦，例如："in einer heitern regung"，"intressiert es dich?"，"Das intressiert auch mich."①因此便要留意了：在布莱希特这里，从韵律上做做手脚、搞点"姿态"实在太轻而易举了。

作为音韵学家的布莱希特曾就中规中矩的韵律——或者用他自己偏爱的一个概念："节奏"——所起的作用进行过深入思考，并在论文《论不规则节奏的无韵诗》发表后又增补了一则笔记。此处运用的比喻对于我们理解《老子》一诗的创作语境颇具启发意义。他就整齐划一的诗句所带来的体验这样写道：

> 规律性的节奏制造了让我感到不舒服的梦幻氛围，思潮在此扮演了奇特的角色：产生出的更多是联想而非思想本身。思潮裹挟巨浪滚滚而来……

在他这首讲到奔流之水的传奇诗中，思潮的确随着诗句的巨浪滚滚而来，我们可以看到：布莱希特的流亡诗歌特有的韵律形象与诗中所议论的学说之间形成了类比关系——更确切地说，就

---

① 译者注：此处第一句中 heitern 原为 heiteren，第二、三句中的 intressiert 原为 interessiert，均省去了一个 e。

是诗句的"巨浪"和流水的类比性。

他还以相似的方式在三个不引人注目之处打破了韵律的洪流，用带有一个重读音的扬抑抑（重轻轻）格律拦住了扬抑格的均衡流动：对介绍老子学说具有关键作用的第5、第9和第12诗节。记录着创作过程的文献档案在此可以再一次让我们看到布莱希特的匠心独运之处。

"… daß das weiche Wasser in Bewegung／Mit der Zeit den mächtigen Stein besiegt／Du verstehst, das Harte unterliegt.（柔弱之水，奔流不息，／日复一日，战胜强石。／刚强居下，你定懂得。）"滚滚洪流的一往无前，通过韵律的调节，在"das weiche Wasser in Bewegung"一句中就已通过相同的头韵（w）隐约可辨，而一处坚硬的阻碍则更清晰地昭示了它的存在。"mächtigen"的三音节扬抑抑格使其在一片整齐的扬抑格中鹤立鸡群，显得格外"坚硬"。"mäch-ti-gen Stein"——这块如此刺耳的"强石"正是一块强者之石，或者说是道家眼中的强权之石，它迫使柔弱的水流在此绕行。布莱希特在阐释中加入了《道德经》中原本没有的"石头"，使意义变得更为清晰，同样，他还加入了"奔流不息"，柔弱之水正是借助它"战胜"[1]了强石。

---

[1] 原书注：这一词汇（besiegen／战胜）很可能是对德布林小说《王伦三跃》的《献词》中所谓引自《列子》那段话（"谁又能谈得上战胜、占有呢？"）的回应。参见前文。

在一份较早的笔记中,布莱希特首先写下的是"den harten fels"(坚硬岩石)(参见前文)。在手稿中,他将其改为"den felsen stets"(磐石始终),语义上略有变化,但并没有改变韵律。然而他又进行修改,最终精心地破坏了格律的统一,从语义上清除了"坚硬",同时却让它潜入了韵律的结构:"den mächtigen fels"(强大的岩石)。与强权精确对应的则是税吏脸上具有象征意义的"ein-zige Falte"(一道皱纹),正是出于同样的原因,这里扬抑抑格完全不需要删减为扬抑格,变成毫不引人注意的"einzge"(唯一)。而第12诗节结尾则通过"Kann man höflicher sein?"(若论礼貌,谁人能及?)这个问题以扬抑抑格形式提出了伦理的主题,早在布莱希特发表于《柏林交易所信使》中的散文版老子故事里,这个主题就已代替"友好"一词写入标题,这就是中国人的"礼貌"。

只要认真对待布莱希特关于诗句巨浪的比喻,并将其联系到他自己关于流水的诗歌上,喻意义于韵律的举措就明朗了。诗行的洪流与其中形成阻滞的障碍物构建出了强硬与柔弱、停顿与一泻千里的交替。对诗韵标准的偏离并没有破坏巨浪的交替平衡——而只是减缓或加快了流速。这意味着,布莱希特将他在德布林那里所观察到的道家与语法间的联系运用到了这里,实践了道家与诗韵学之间的联结。(与此如出一辙,他认定马克思主义与诗韵学之间同样具有联系并将其付诸实践,在1945年流亡结束后所开始的大规模试验中,他将尝试把《共产党宣言》写成古典的六音步诗行。)

德布林将他的小说《王伦三跃》称为"无力的书"。从这种意义上讲,布莱希特所写的《老子流亡路上著〈道德经〉的传奇》也是一首"无力"的诗。有时,诗韵上"过剩"、句法上也可以省略的词汇恰恰涉及"道家"的本质主题:"国中善良,再度(wieder einmal)衰弱,邦内邪恶,复又(wieder einmal)逞凶"凸显出不断发生的更迭。① 假若把它直接写作"邪恶力量,日益逞凶"岂不是更加简洁明了,在政治上也更不会那么扎眼!事实上,布莱希特最初也正是这样写的,后来才亲手在誊写稿上加入"wieder einmal"(再度、复又)两字。在估计是最早诞生的一份手稿中,此句仅仅是这样:"denn die güte wurde wieder schwächlich / und die bosheit nahm an kräften zu"(因为善良又衰弱了 / 而邪恶力量,日益逞凶)。

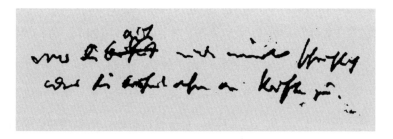

图十八　布莱希特档案馆 BBA353/72a-b 号手稿局部

---

① 原书注:单单这一暗示就足以解释,这位老师并不想去影响这一更迭,而只是想抽身离开。

正如政治—道德进程呈现出波浪前进的起起伏伏、周期性的增增减减一样，个人的情绪也同样有波动。老者原本可以"正确"地在五步格诗行中"Freute sich des Tales und vergaß es"（喜见山谷，又将它忘怀），但后来却成了"Freute sich des Tals *noch einmal und vergaß es*"（再见山谷，心复欢喜，又将它忘怀）。[①]

最后一项细节上的审视证实了这种道家诗韵学的细腻。我们看到，每个诗节的最末一行均为四音步并且以一个重读韵脚作为结尾。[②] 他以此来强调每一诗节的结束——恰如诗节前的编号一样——标明了一种插入成分：它使诗歌在畅流中出现停顿。唯有一次，一节诗的末行包含了五个重读音节：就是那行阐述"刚强居下"的诗句。在此，诗中那流水的动能也在诗韵上展现出来，弱水不受阻挡地奔流而下。这正是全诗的第 31 行：

Daß das weiche Wasser in Bewegung

Mit der Zeit den mächtigen Stein besiegt.

Dú verstéhst: das Hárte únterlíegt.

① 参见安东尼·泰特娄：《布莱希特手册》，第 2 卷，第 299 页。
② 第 7、8、11 诗节的最后一行都必须采用所谓"加重的扬声"来朗读："wénn dú's weíßt, dann sprích""Nún, íst dás ein Wórt？""Und dánn wár's sowéit"，布莱希特原本也按同一种格式写下了第 12 节的末尾句，但后来却改成了现在所见的"Kann man höflicher sein？"，扬抑抑格的"höflicher"使之不再属于这一行列，这显然是他有意为之。

柔弱之水，奔流不息，/日复一日，战胜强石。/刚强居下，你定懂得。

此处韵律的偏离原本也很容易被回避，例如换一种措辞："Denn das Harte unterliegt"（因为刚强居下）。然而，无论那居下的强者曾是多么强硬——就如前一行中那刺耳的三音节"mäch-ti-gen Stein"（强石）所展现的一样——奔流的柔弱之水都不可抗拒、势不可当地将强硬的扬抑抑格打磨平滑了。最终，它自由地向前奔流而去。

"不。"

　　布莱希特所进行的修订原本应将道家思想排除出去,然而如今它却在诗文自身的韵律形态中得到了巩固。那股从 1919 年开始就潜藏在布莱希特作品中的暗流,穿越了这一时代以及他自身思想中的一切巨变,如今在诗歌的韵律形态中喷薄而出,使他所有的自我修正都化为徒劳。一方是道家思想的影响,另一方是大约从 1930 年起对其具有决定性意义的马克思主义视角,布莱希特曾努力掩饰二者之间的分歧——这种努力,直至今日仍在布莱希特研究中延续着。而在我看来,道家思想影响在事实上的延续性与布莱希特最终徒劳无功的努力一样值得注意。在《斯文德堡诗集》中,再没有其他诗篇像 1938 年的《老子流亡路上著〈道德经〉的传奇》一样,如此始终不渝地阻碍了那种日益受人欢迎的二分法,即把接受马克思主义之前的青年布莱希特与"克服"了这种早期立场的马克思主义者布莱希特一分为二。

　　我认为,早期布莱希特对道家的热忱以及他对一切统治的厌恶一直延续到了反法西斯主义的流亡时期，不仅如此，20世纪30年代中发生在莫斯科的审讯以及"表现主义之争"都使他对现实中布尔什维克主义下"真正达到的秩序"产生"恐惧"并找到了新的可怕根据。在那一历史性的时刻，在那善的力量真的显得衰弱，而恶的力量日益逞凶的时刻，在那敌友双方的暴力都变得如此具有威胁性，以至于连敌友之分都不再十分明显的时刻：也许恰恰是在这样一刻，无为的辩证法作为明确的主题和含蓄的诗学原则，其吸引力达到了巅峰。诗人的自我修正看似有多么服从历史哲学的范式和战士的原则，道家的韵律就有多么顽固地一直（或者说才真正）坚守在一种诗学中，其中真正影响深远的"作为"恰恰就在于计谋百出的"无为"。布莱希特在他有理由遭到怀疑的"形式主义"核心部分折射出了他的行事态度，那便是服侍统治者直至其死去。这就是那个"不"，那个直到这一时刻仅仅在一言不发的艺术中得到表达的"不"。它不说出口，只在字里行间流露，只出现在诗的音步、音节与诗节中——而这正是纯正的"对抗强权的措施"。无论身处历史上怎样的野蛮暴行，道的力量一直岿然不动，这就是税吏得到的那本书所讲述的，它将随着时间的推移战胜每一种"控制体系"。因此，最后也要感谢老子：是他胜利地留下了道的智慧。

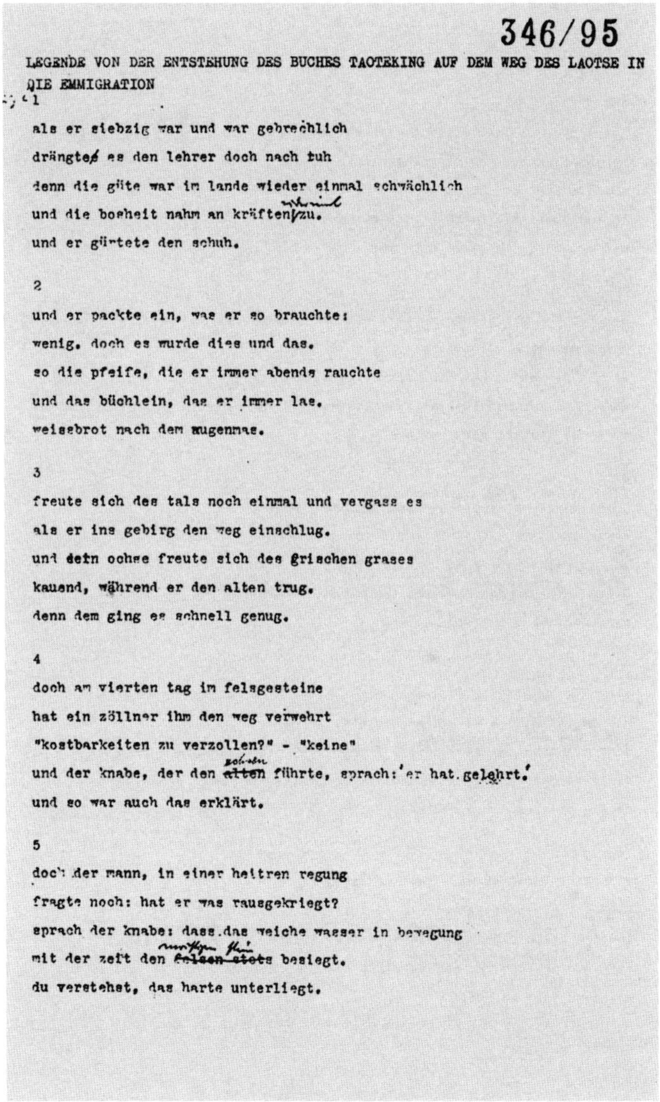

346/95

LEGENDE VON DER ENTSTEHUNG DES BUCHES TAOTEKING AUF DEM WEG DES LAOTSE IN
DIE EMMIGRATION

1

als er siebzig war und war gebrechlich
drängte es den lehrer doch nach ruh
denn die güte war im lande wieder einmal schwächlich
und die bosheit nahm an kräften zu.
und er gürtete den schuh.

2

und er packte ein, was er so brauchte:
wenig. doch es wurde dies und das.
so die pfeife, die er immer abends rauchte
und das büchlein, das er immer las.
weissbrot nach dem augenmas.

3

freute sich des tals noch einmal und vergass es
als er ins gebirg den weg einschlug.
und sein ochse freute sich des frischen grases
kauend, während er den alten trug.
denn dem ging es schnell genug.

4

doch am vierten tag im felsgesteine
hat ein zöllner ihm den weg verwehrt
"kostbarkeiten zu verzollen?" - "keine"
und der knabe, der den alten führte, sprach: er hat gelehrt.
und so war auch das erklärt.

5

doch der mann, in einer heitren regung
fragte noch: hat er was rausgekriegt?
sprach der knabe: dass das weiche wasser in bewegung
mit der zeit den stein stets besiegt.
du verstehst, das harte unterliegt.

图十九　布莱希特诗作手稿(一)

157

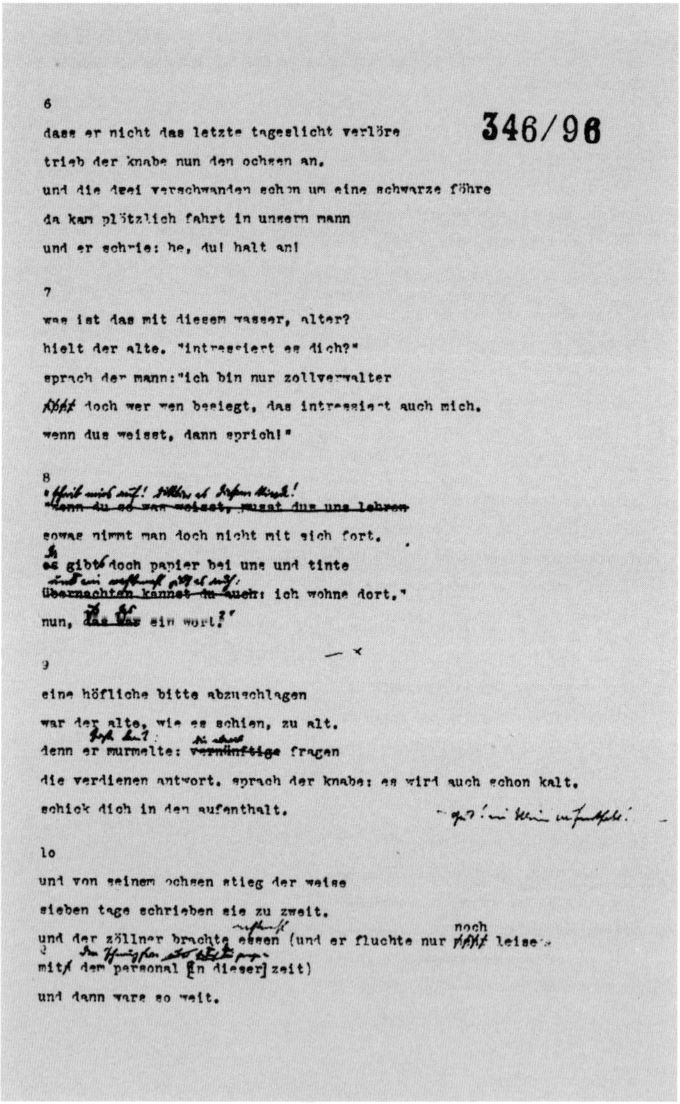

346/96

6

dass er nicht das letzte tageslicht verlöre
trieb der knabe nun den ochsen an.
und die zwei verschwanden schon um eine schwarze föhre
da kam plötzlich fahrt in unsern mann
und er schrie: he, du! halt an!

7

was ist das mit diesem wasser, alter?
hielt der alte. "intressiert es dich?"
sprach der mann: "ich bin nur zollverwalter
doch wer wen besiegt, das intressiert auch mich.
wenn dus weisst, dann sprich!"

8

~~wenn du so was weisst, musst dus uns lehren~~
sowas nimmt man doch nicht mit sich fort.
es gibt doch papier bei uns und tinte
~~übernachten kannst du auch~~: ich wohne dort."
nun, ~~das was~~ ein wort?"

9

eine höfliche bitte abzuschlagen
war der alte, wie es schien, zu alt.
denn er murmelte: ~~vernünftige~~ fragen
die verdienen antwort. sprach der knabe: es wird auch schon kalt.
schick dich in den aufenthalt.

10

und von seinem ochsen stieg der weise
sieben tage schrieben sie zu zweit.
und der zöllner brachte essen (und er fluchte nur noch leise
mit dem personal [in dieser] zeit)
und dann wars so weit.

图二十　布莱希特诗作手稿(二)

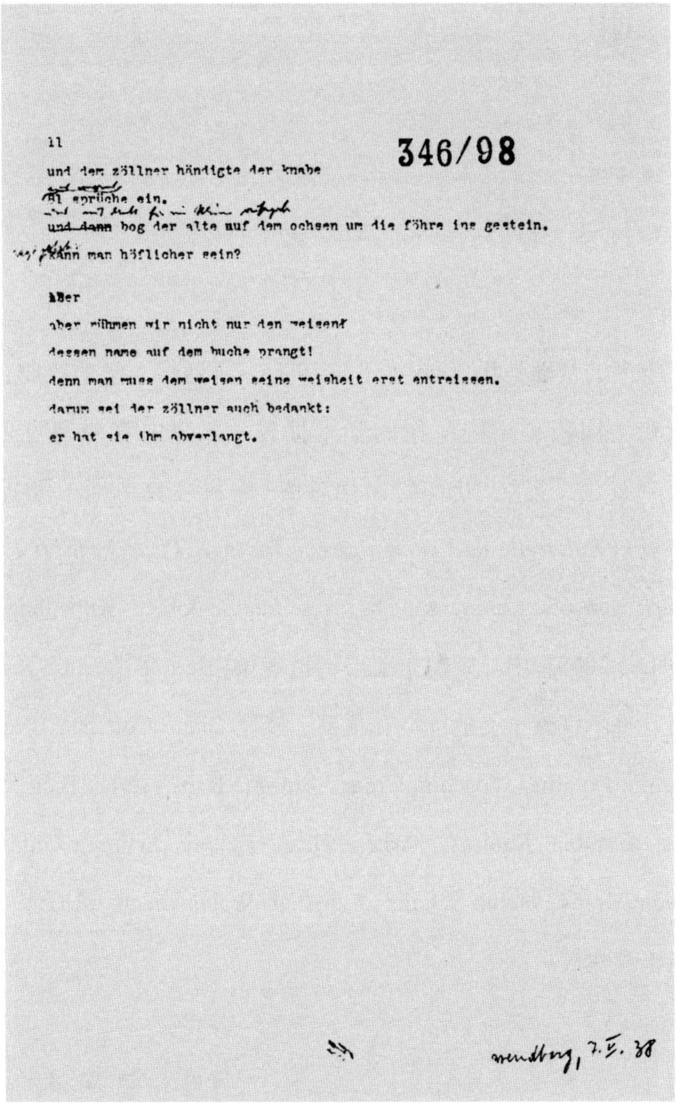

11

346/98

und dem zöllner händigte der knabe

81 sprüche ein.

und dann bog der alte auf dem ochsen um die föhre ins gestein.

kann man höflicher sein?

aBer

aber rühmen wir nicht nur den weisen

dessen name auf dem buche prangt!

denn man muss dem weisen seine weisheit erst entreissen.

darum sei der zöllner auch bedankt:

er hat sie ihm abverlangt.

svendborg, 7.V.38

图二十一　布莱希特诗作手稿(三)

致　谢

　　本书的基础是我 2006 年 7 月 19 日在哥廷根大学的就职报告以及在美因茨科学院所作的学术报告。部分内容前期发表在 2005 年的论文集《文化与跨文化对话——祝贺克劳斯·波恁 65 岁寿辰》(*Kulturelle und interkulturelle Dialoge. Festschrift für Klaus Bohnen zum 65. Geburtstag*, hg. von Jan Schlosser. Kopenhagen／München 2005) 中。感谢布莱希特档案馆(Bertolt-Brecht-Archiv) 慷慨且毫不官僚主义的支持和帮助。感谢 Diane Coleman Brandt, Christine Detering, Joachim Grage, Bok-hie Han, Adrian Hsia, Jörg Joost, Cynthia Kaulins, Arne Pelka, Helwig Schmidt-Glintzer, Stefanie Kraus, Heinz Schultz, Christian Wagenknecht 和谭渊对我的指正和建议。

海因里希·戴特宁

2008 年 5 月

图书在版编目（CIP）数据

　　布莱希特与老子 /（德）海因里希·戴特宁
（Heinrich Detering）著；谭渊译 .— 上海 ：上海社
会科学院出版社，2024
　　（中德文化丛书）
　　ISBN 978 - 7 - 5520 - 2502 - 6

　　Ⅰ.①布… 　Ⅱ.①海… ②谭… 　Ⅲ.①布莱希特
（Brecht，Bertolt 1898 - 1956）—诗歌研究②道家—研究
Ⅳ.①I516.072②B223.05

　　中国版本图书馆 CIP 数据核字（2018）第 251644 号

Heinrich Detering
Bertolt Brecht und Laotse
Copyright © Wallstein Verlag, Göttingen 2008
Simplified Chinese Edition Copyright © 2024 by Shanghai Academy of Social
Sciences Press
All Rights Reserved

上海市版权局著作权合同登记号：09 - 2018 - 039

布莱希特与老子

著　　　者：[德] 海因里希·戴特宁
译　　　者：谭　渊
责任编辑：熊　艳
封面设计：黄婧昉
技术编辑：裘幼华
出版发行：上海社会科学院出版社
　　　　　上海顺昌路 622 号　邮编 200025
　　　　　电话总机 021 - 63315947　销售热线 021 - 53063735
　　　　　https：//cbs.sass.org.cn　E-mail：sassp@ sassp.cn
排　　版：南京展望文化发展有限公司
印　　刷：苏州市越洋印刷有限公司
开　　本：890 毫米×1240 毫米　1/32
印　　张：6
字　　数：110 千
版　　次：2024 年 6 月第 1 版　　2024 年 6 月第 1 次印刷

ISBN 978 - 7 - 5520 - 2502 - 6/I · 303　　　　　定价：58.00 元